霜叶如花

郑相豪　著

北京燕山出版社
BEIJING YANSHAN PRESS

图书在版编目（CIP）数据

霜叶如花 / 郑相豪著. — 北京 ： 北京燕山出版社，
2024.7
ISBN 978-7-5402-7278-4

Ⅰ. ①霜… Ⅱ. ①郑… Ⅲ. ①古体诗－诗集－中国－
当代 Ⅳ. ①I227.7

中国国家版本馆 CIP 数据核字(2024)第 105850 号

霜叶如花

作　　者：郑相豪
责任编辑：王月佳
出版发行：北京燕山出版社有限公司
社　　址：北京市西城区椿树街道琉璃厂西街 20 号
电　　话：010-65240430（总编室）
邮　　编：100052
印　　刷：河北鑫彩博图印刷有限公司
开　　本：880mm×1230mm　1/16
字　　数：190 千字
印　　张：13.75
版　　次：2024 年 7 月第 1 版
印　　次：2024 年 7 月第 1 次印刷
定　　价：78.00 元

序

我是古诗词的爱好者，从上学一接触到古诗词，就对其产生浓厚的兴趣。那时只是爱读古诗词，真正创作古诗词，是退休后很晚才步入这道门的。这些年，经过不懈努力、刻苦钻研，在创作的实践中，逐步对古诗词的平仄、韵律、对仗等方面的把握上，有了进一步提升，作品的质量也有了明显的提高。但由于作品很分散。为便于查阅，决定出版《霜叶如花》诗词集。这是继《红叶漫山》诗词集的续篇，是姊妹篇。

这两本诗词集的题目很相近。因为我时常想，对于我们这些老年朋友来说，退休是人生一大转折。我们尽管不在位了，但却成了时间的主人；尽管历经雨雪风霜，但志向不能偏，精气神不能减，理想追求不能退，"霜叶红于二月花"啊！应整装再出发，不用扬鞭自奋蹄，拾起自己的爱好特长，做自己喜欢做的事，发挥余热，做出有益社会的奉献。

我与老伴李云云对此有切身体会。我年轻时爱好文学，由于在部队军务缠身，无法静下心来写点东西。李云云年轻时也有自己的爱好，在岗时无空做自己喜欢做的事。退下来后，时间是自己的，有了实现个人爱好的机会。李云云除帮我修改润色诗词外，还学习了古筝，并一发不可收，取得了惊人的成绩。她不仅考取了古筝最高级别十级，取得了由中央音乐学院颁发的证书，而且参加全国古筝比赛，曾获得银奖、金奖。最近又获得古筝高级教师资格。我除创作诗词，还写点散文杂感小文章，这就要不断地看书学习。所以，我们两人每天都很忙，感到时间不够用，晚年生活过得既充实又丰富。兴趣爱好使我们有一种寄托，有一种期待。每当看到创作的诗词，被刊物或微信平台采用时，心中便情不自禁地涌现出无限喜悦，一种成就感油然而生。这说明退休后，仍可"霜叶如花、红叶漫山"啊！

这本诗词集挑选出 740 多首作品。其中大部分作品在《中华诗词》、解

霜叶如花

放军《红叶》《中国老年》杂志、北京《军休之友》、北京朝阳《雅风》等刊物和多种微信平台刊用过，李云云为这些诗词付出大量的辛劳和心血。她经过刻苦努力，对诗词创作中所需要把握的环节，熟记于心，运用自如。更多时候，我只搭了一个很粗的架子，经过她的妙手润色，竟像一首诗了。对一些拿不准的提法或用词，我们俩共同推敲确定。她还对每一首诗，进行检测、打字、转发等具体事情，有时遇到需要赶时间的诗，还要加班加点，很晚才能休息，很辛苦、很不容易。李云云有写诗的天赋，她父亲就是五六十年代有名的作家，其基因和潜移默化的写作实践对她是有影响的。我很幸运有这样一位志同道合的伴侣，是来之不易的缘分，是我前世修来的福，总是时常提醒自己，应自觉用行动加倍珍惜。

还有一件幸运的事，就是有幸遇到我们石榴诗社的副社长高庆森老师，他诗词造诣极深，曾获得《中华诗词》大赛的金奖，是一位创作古诗词的高手，灵感来了，犹如清泉般喷出精品力作来，已经到了出口成章完全自由的境界，是诗词大家，令我敬佩啊！我们在一个军休所，是相识相交十多年的老朋友，他为人正直，助人热心。我的诗词只要发给他，无论在京还是在外地，都及时认真地给予修改润色，有时就是调整一两个字，但诗的意境就大不一样了，增色了很多，真是一字值千金啊！我从他修改的诗词中，受益颇多，借此，对高老师的热心帮助，表示由衷的感谢。

我还有幸结识，对文学包括对古诗词造诣很深、对图书出版工作颇有研究贡献的马奕先生，他为我的散文集《花香满径》、诗词集《红叶漫山》及这本诗词集操了很多心。还有燕山出版社的编辑，在他们的大力支持和热心帮助下，顺利完成了这本诗词集的出版工作。

值此，我衷心向为本诗词集付出辛勤劳动的所有老师朋友，致以深深的谢意，书中难免有不妥之处，恳望读者朋友予以斧正。

郑相豪

2023 年 6 月 20 日　北京通州

目　录

时代新声

2022 年 10 月迎接党的二十大召开 ……………… 30

2022 年，为迎接 10 月 16 日党的二十大召开而写 ·················· 34

四季风情

春 ································· 45

山水寄怀

心香一瓣

2022 年 8 月建军节 95 周年 ……………………………… 121

纪事感怀

咏物抒情

时代新声

2021 年 7 月党庆百年

三伟人

七律·毛泽东

壮志凌云傲碧空，文韬武略展威风。

河山作赋才华溢，雪野吟诗气势雄。

立愿为民除陋制，尽忠兴国铸丰功。

流芳伟业千秋颂，光耀乾坤万众崇。

五律·周恩来总理

党庆百年中，神州忆伟翁。

忧民多壮志，报国更豪雄。

竭力丹心瘁，倾情百姓躬。

山河齐敬仰，伟业贯苍穹。

七律·邓小平（新韵）

人民之子扭乾坤，力挽狂澜耀古今。

描绘山河挥巨笔，改革开放展雄心。

春天故事千秋颂，旷世奇才万代钦。

阔步征程圆凤梦，中华遍布小康村。

九大元帅

七律·朱德（新韵）

起义南昌砺剑锋，会师井冈战旗红。

歼倭驰马弓刀利，伐蒋挥戈鼓角雄。

辅弼毛公兴九域，忠贤大将立丰功。

从容恬淡胸襟阔，质朴清廉举世崇。

七律·彭德怀（新韵）

沙场扬鞭百战神，横刀立马九州钦。

歼倭讨蒋挥戈勇，抗美援朝仗剑忱。

察看民情忧万缕，忠言书谏重千均。

丹心赤胆垂青史，浩气凌然耀宇坤。

七律·刘伯承（新韵）

孙吴兵法记心间，智取强敌美誉传。

万里长征挥砺剑，八年抗日斩凶顽。

中原挺进功勋著，蒋匪垂亡胜利喧。

驰骋山河一战将，神州开创换新天。

七律·贺龙（新韵）

桑梓挥刀怒举竿，南昌起义领军前。

光明磊落人人敬，伟绩丰功处处传。

昔日逢凶犹恨丑，当年失意更修官。

万民愤慨齐捉鬼，老帅鸣冤慰九泉。

七律·陈毅

武装讨蒋举南昌，赤帜高擎聚井冈。
磅礴胸怀图大业，深情挚爱赋华章。
指挥战役神威勇，谈判疆场气宇昂。
耿介一生当代颂，功勋杰出世间扬。

七律·罗荣桓（新韵）

举义鄂南启战酣，长征万里越难关。
晋西抗日飞捷报，齐鲁依民辟锦天。
鏖战平津迎胜利，指挥辽沈灭敌顽。
政工巨匠功勋著，奋斗一生美誉传。

七律·徐向前（新韵）

黄埔高才志向明，跟随马列报国行。
勇驳特立南逃路，聚会毛公北上征。
八载抗倭功显赫，三年讨蒋树嘉声。
文革智斗林江鬼，正气凌云好将星。

注：张国焘，原名特立。

七律·聂荣臻（新韵）

起义南昌砺剑锋，长征路上展雄风。
奔驰华北驱倭寇，解放平津建战功。
万里荒原怀赤子，一星两弹震苍穹。
攻坚克险无言悔，科技强国世代崇。

七律·叶剑英（新韵）

义举羊城气宇昂，强国奋斗露锋芒。

乱离岁月施仁智，危难兴邦有主张。

万众历劫十载苦，一拳粉碎四人帮。

为民除害神州稳，元帅丰功百世芳。

五位战将和三位巾帼英雄

七绝·方志敏

奋战东南血溅红，横刀立马获奇功。

坚贞信仰如天阔，为国捐躯大杰雄。

七律·粟裕大将

武略文韬举世崇，南昌首义创苏中。

筹谋虎杖孙兵秀，布阵沙场吴起雄。

战马嘶鸣舒壮志，征衣血染铸奇功。

威名显赫丰碑立，谨慎谦虚大将风。

七律·彭雪枫将军

新四军威砺雪枫，文韬武略见英雄。

长征跋涉千山道，抗日围歼十万虫。

初晓惊闻良将陨，长天铭记伟人功。

神州兴盛民安泰，屹立东方慰寸衷。

七律·杨靖宇将军（新韵）

甘为人民勇献身，断头洒血志坚贞。

白山胜迹留英骨，黑水雄姿刻战神。

出入莽林歼日寇，往来沃野壮联军。

悲歌一曲惊天地，青史丰碑永世存。

七律·英雄赵尚志（新韵）

东北联军赵尚志，游击抗战誉名传。

手持一把美国造，带领三军日伪寒。

将士突然遭佞恶，英雄果断射贼奸。

赤诚热血垂青史，华夏人民赞俊贤。

七绝·江姐狱中绣红旗（新韵）

大典国歌响碧空，狱中儿女盼天明。

死生不惧红旗绣，铁骨铮铮赤子情。

五律·英雄刘胡兰

文水诞奇英，支前小女兵。

一心谋解放，双目盼天晴。

阎匪施残恶，英雄勇斗争。

铡刀何所惧，不屈铸芳名。

七律·抗日巾帼英雄赵一曼（新韵）

策马扛枪胆气豪，珠河抗日战旗飘。

白山黑水寒风扫，橙叶红枫热血浇。

激起人民除恶霸，令麾勇士斩倭妖。

临刑无惧歌一曲，响彻昆仑越九霄。

党的艰苦历程

七绝·百年前马列名播京城（新韵）

北大红楼炽火燃，大钊播撒势燎原。

先贤觉醒心潮涌，马列航船挂远帆。

七律·咏党的一大

十月苏俄舰炮隆，先贤觉醒挽强弓。

南湖映日英雄聚，黄浦飞星烈火融。

稳舵红船航梦想，飘扬镰斧绽春风。

思源一大千秋颂，昌盛神州万代崇。

七律·红船颂（新韵）

马列光辉似火燃，南湖波涌起航船。

开天辟地三山倒，图治安邦九域妍。

致富脱贫扬世界，创新科技立峰巅。

复兴伟业同逐梦，百岁潮头挂远帆。

七律·南昌起义感赋（新韵）

南昌枪响震八方，党握吴钩掌舵航。
烽火硝烟书历史，旌旗鼓角醒炎黄。
当知国富安天下，岂忘军强护域疆。
秣马厉兵勤备战，神威重器铸铜墙。

七律·井冈抒怀

云涌黄洋翠竹葱，涧流犹似炮声隆。
长缨鼓角军旗跃，短剑征衣战地红。
五哨硝烟铭往事，九州繁盛忆高风。
寻根承继英雄志，神圣井冈世代崇。

七律·古田颂（新韵）

人民军队古田根，浴火重生党铸魂。
革命征程新起点，为民服务永遵循。
挥戈策马千钧力，携手同凝万众心。
岁月峥嵘书历史，丰碑功绩耀乾坤。

七律·颂长征

红军傲骨世称奇，万里征途志不移。
饮马金沙争战日，挥戈大渡舍身时。
雪山凝铸英雄胆，草地长留壮士姿。
遵义舵航排浊浪，延安窑洞聚精师。

七律·瞻仰遵义会址

精英聚会挽危舟，骇浪狂涛自运筹。

纠正"左"倾凭浩气，指明方向顺潮流。

雄关横越群峰敬，险道挥戈万壑羞。

遵义红楼惊世界，毛公伟略颂千秋。

七律·红军颂

睿智毛公伟略施，雪山草地急奔驰。

抢关夺隘行天道，策马挥戈舞赤旗。

千岭穿梭彰勇士，百川横越铸雄师。

红军胜利千秋颂，流转乾坤万古垂。

七绝·瞻仰延安毛主席居住的窑洞（新韵）

窑洞烛光映碧空，清辉浩气贯长虹。

雄心笔下春潮涌，巧绘东方旭日升。

七绝·西柏坡咏怀（新韵）

农家茅舍倚山旁，子夜灯烛映纸窗。

破晓春雷惊大地，曙光万道耀东方。

七绝·党旗颂（新韵）

高擎镰斧耀苍穹，无数英雄血染成。

后辈继承先烈志，复兴伟业步新征。

颂扬四大战役

七律·辽沈战役（新韵）

决意歼敌斗志坚，挥戈舞剑铸雄篇。
众军围剿人心暖，群炮齐发鬼胆寒。
激战锦州擒困兽，回师辽沈灭凶顽。
独夫梦破江山换，百姓欢歌日月妍。

七律·平津战役（新韵）

决战平津陈傅惊，隆冬摆阵布神兵。
楚歌四面狐狼泣，烽火八方鼓角鸣。
渤海东逃思一晌，归绥西窜梦三更。
燕京城下红旗舞，鼓乐齐鸣庆太平。

七律·淮海战役

济南告捷壮豪情，淮海挥戈战聿明。
将帅良谋匪阵乱，士兵英勇敌酋惊。
包抄分割时穿插，围阻迂回任纵横。
精锐蒋军全覆灭，雄师百万逼南京。

七律·百万雄师过大江（新韵）

解放全国众志坚，雄师百万过江南。
如龙劲旅船齐跃，似虎精兵箭满弦。
深水急穿波浪涌，逆风横渡炮声喧。
金陵旗换凶顽灭，胜利高歌响九天。

参观双清别墅和香山革命纪念馆剪影

七绝·一盏油灯（新韵）

此刻无声若有声，伟人伏案布雄兵。
当知窗下一星火，点亮中华万盏灯。

七绝·党旗（新韵）

肃然面对斧镰红，耳畔犹闻战马腾。
多少英雄鲜血洒，换来百万党旗升。

七绝·战士露宿房门外（新韵）

寒风阵阵已更深，农户家家闭大门。
战士心中生爱意，岂能打扰宿墙根。

七绝·立功喜报（新韵）

血战疆场勇猛冲，立功喜报寄家中。
休言薄薄一张纸，重过群山几座峰。

七绝·检阅吉普车（新韵）

主席检阅换军衣，权把敌车视坐骑。
鼓舞官兵添气势，中华崛起在朝夕。

七律·观香山革命纪念馆 202 封红色电报手稿有感（新韵）

林密香山染绿葱，毛公手稿似刀锋。

运筹帷幄决千里，挥笔传檄越万重。

国立为民扬壮志，兴邦图治展雄风。

功勋卓著垂青史，领袖神威举世崇。

颂扬平西抗日根据地（房山）

七律·忆百花山平西抗日根据地（新韵）

百花山上北风袭，难忘当年鼓角急。

深谷纵横嘶战马，悬崖悲壮染征衣。

雄鸡报晓迎朝日，古木逢春浴晚夕。

前辈青峰流碧血，后人铭记举红旗。

党庆百年

五律·党的百年生日有感（新韵）

华夏亮晨光，红船启远航。

锤镰扬世界，马列耀东方。

开放人民富，革新伟业昌。

百年圆凤梦，勠力铸辉煌。

七绝·平西松树岭跳崖抗日五烈士（新韵）

脚踏悬崖跃骏雄，凛然浩气漫山峰。

深渊万丈埋忠骨，血沃千花遍野红。

七律·党庆百年大典感赋（新韵）

礼炮隆隆鼓乐鸣，国歌阵阵动京城。

三军仪仗雄心壮，万众欢呼热血腾。

领袖宏声传玉宇，江山浩气振青峰。

百年党庆圆清梦，伟业中兴再远征。

一剪梅·颂党（周邦彦 体）

波舞南湖一叶舟，勇立潮头，共济清道。锤镰高举善谋猷，艰险征程，力挽神州。

十秩春秋风雨稠，天下归心，伟业千秋。高科引领有新筹，圆梦中华，竟显风流。

满庭芳·党庆百年有感（新韵）（晏几道 体）

礼炮轰鸣，百年党庆，举国一片欢腾。长安街上，花海喜相迎。广场高歌阵阵，红旗舞、气势恢宏。齐天贺，天安门上，威震九霄重。

宏声，传四海，人民振奋，鬼魅心惊！创新勇拼搏，砥砺前行。牢记初心使命，强国志、奉献争锋。同逐梦，复兴伟业，华夏万年青。

写于 2021 年

七绝·颂党庆百年大典（新韵）

高声万岁撼人民，阵阵欢呼感党恩。

华夏百年圆夙梦，复兴伟业再腾奔。

2022年2月—3月北京冬奥会、冬残奥会

七绝·北京冬奥会（新韵）

盛迎双奥世无伦，欢舞京城绽彩纷。

冰雪健儿逐梦想，激情期待翌年春。

写于2021年3月

七绝·喜迎北京2022年冬奥会圣火

一

圣火传扬万里遥，银鹰飞越九重霄。

长城内外连红线，逐梦冰台涌热潮。

二（新韵）

迎接圣火耀全球，冬奥激情遍九洲。

丝带飘飞追梦想，五环神韵灿金秋。

三（新韵）

中华大地庆春风，火炬传播灿古城。

璀璨冰花扬四海，金光飞跃耀高峰。

写于2021年10月18日

七绝·读冬奥主题口号有感（新韵）

冬奥之花比翼开，北京相聚竞冰台。

团结进步激骁将，携手和平向未来。

七绝·贺冬奥会宣传海报发布

精心设计绘鸿章，冰雪风情举世扬。

海报笑迎冬奥客，中华文化永流芳。

七绝·庆北京2022年冬奥奖牌揭晓

奖牌精美闪光芒，圆润同心喻吉祥。

逐梦北京欢乐聚，五环神韵彩旗扬。

七绝·读《奥林匹克休战决议》有感（新韵）

奥林圣火遍京城，点亮青年炽热情。

夺冠除瘟齐努力，团结休战为和平。

七绝·北京冬奥迎来倒计时100天

计时百日望东方，双奥之城换彩装。

丝带飘飞迎贵客，健儿备战志昂扬。

写于2021.10.28

七绝·大红灯笼亮京城（新韵）

长安街上挂红灯，扮靓神州第一城。

祥瑞迎接冬奥会，冰台逐梦喜相逢。

七绝·赞天安门广场冬奥花坛（新韵）

广场中央布彩云，中国结灿喜迎宾。

五环闪耀冰花艳，双奥之城景色新。

七绝·冬奥火炬传递（新韵）

双奥之城舞火龙，金光飞跃映苍穹。

齐心接力迎冬奥，携手和平为大同。

七绝·冰壶开赛（新韵）

溜圆藏韵有乾坤，冬奥循环第一轮。

冰上抛壶精准稳，团结奋战喜迎春。

写于 2022 年 2 月 2 日

七绝·鸟巢之夜（新韵）

玉凤金龙汇鸟巢，美轮美奂竞妖娆。

激昂歌舞催人奋，璀璨烟花耀九霄。

七绝·难忘二月四日春（新韵）

中华节令立新春，冰雪纯洁奥运魂。

四海宾朋齐聚首，五环旗灿耀昆仑。

写于 2022 年 2 月 4 日立春日冬奥会开幕

七律·喜迎北京冬奥会（新韵）

双奥京城倍自豪，迎接宾客彩旗飘。

比肩赢胜文明卷，携手和平友谊桥。

雪道滑翔飞梦远，冰台腾跃竞天高。

五环神韵传寰宇，赛场英雄舞大潮。

七绝·短道混合接力获首金（新韵）

新春喜讯震人心，接力速滑夺首金。

冬奥健儿达使命，万民热切已成真。

七绝·赞双奥之城（新韵）

逐梦相约进奥村，真诚服务笑迎宾。

京城处处新风采，佳绩声声报早春。

七绝·北京冬奥志愿者之歌（新韵）

细选精招尽俊才，帅男靓女笑颜开。

真诚服务不辞苦，携手相约向未来。

五绝·单板坡面障碍赛苏翊鸣获首银

雪舞风姿雅,凌空气势骄。

翊飞轻胜燕,越障剪云霄。

七绝·短道速滑任子威夺冠

飞驰冰道影随风,箭发千钧势若虹。

狭路相逢强者胜,子威夺冠是英雄。

七绝·钢架雪车闫文港获铜牌

雪车犹似弹头飞,滑降惊心展虎威。

小将敢拼书历史,赢来冬奥奖杯归。

七绝·自由滑雪空中技巧混合团体获银牌

雪燕腾飞上碧天,随风旋转舞翩跹。

同心携手凌云志,捷报声传锦绣篇。

七绝·短道速滑 500 米高亭宇夺金

赛场竞技舞新潮,亭宇争雄为国骄。

万众欢呼赢胜利,冰丝带上五星飘。

七绝·短道速滑女子 3000 米接力获铜牌(新韵)

冰丝带上闪银光,极速滑翔丽影张。

赛场拼争强者胜,奖牌高举五星扬。

七绝·自由滑雪女子空中技巧徐梦桃夺冠

腾飞雪燕碧空翔，揽月追风气势昂。

极限争锋圆美梦，梦桃夺冠国旗扬。

七绝·单板滑雪男子大跳台苏翊鸣夺金（新韵）

灿烂阳光耀翊鸣，惊天一跃展雄风。

跳台场上国旗艳，银举金擎奏凯声。

七绝·自由滑雪男子空中技巧齐广璞夺冠（新韵）

喜讯传来又获金，广璞揽月舞青云。

空中竞技追清梦，报效国家赤子心。

七绝·花样滑冰夺冠（新韵）

空灵音乐荡心中，动魄惊魂绚舞风。

文静韩聪摘桂冠，国歌嘹亮五星红。

七绝·看冰上芭蕾（新韵）

疫情阻我去观摩，坐在屏前看美娥。

一对璧人真绚烂，心中骄傲唱国歌。

七绝·花样滑冰（新韵）

花样滑冰荡我心，风姿旋转舞仙音。

韩聪文静惊人秀，一举夺冠盖世钦。

七绝·冬奥盛会隆重闭幕（新韵）

蓝冰浪漫荡激情，红色灯笼映满城。

双奥之花连世界，五环携手为和平。

七律·北京冬奥闭幕感赋（新韵）

北京冬奥誉全球，圣火虽熄志未休。

四海健儿香梦稳，五洲宾客笑声悠。

缔结友谊真情践，竞技公平凤愿酬。

舞雪戏冰征路远，永攀峰顶展风流。

写于 2022 年 2 月 20 日

七绝·冬残奥会开幕（新韵）

鸟巢欢庆彩灯缤，残奥迎来万象新。

生命之花冰雪舞，放飞梦想志凌云。

写于 2022 年 3 月 4 日

七绝·贺残奥健儿金牌跃居榜首

赛场捷报响云天，夺取金牌跃榜前。

勇士破冰强者胜，国歌嘹亮五星妍。

七绝·祝我国健儿首日获 2 金 3 银 3 铜

满含热泪看争雄，残奥赢来首日红。

意志坚强圆绮梦，放飞生命世人崇。

七律·贺冬残奥会圆满闭幕

鸟巢辉映五环扬，残奥群英聚锦堂。

难忘惊人如燕舞，忍看极限似鹰翔。

精神抖擞雄心盛，意志坚强傲骨彰。

绽放冰场追绮梦，花开友谊永流芳。

写于 2022 年 3 月 13 日

七律·北京冬奥会冬残奥会总结表彰大会有感（新韵）

群英代表喜洋洋，胸带红花聚会堂。

建馆拼争追日月，义工服务献衷肠。

七年备战豪情盛，一举赢得傲骨彰。

冰雪健儿铭史册，丰碑奇迹永留芳。

写于 2022 年 4 月 8 日

航天圆梦

七绝·北斗三号卫星入网有感

北斗深空入网翔，五洲俯首看东方。

导航精准高科技，普惠全球赞誉扬。

写于 2020 年 6 月 23 日

七律·贺北斗三号卫星成功收官（新韵）

驭电轰鸣掠玉庭，太空闪烁缀吉星。

导航网络瀛寰覆，北斗联通定位明。

服务亿民牵世界，惠及百姓喜乘风。

中国智慧全球赞，梦想腾飞自纵横。

写于 2020 年 6 月 24 日

五绝·贺天问一号飞天（新韵）

神器探空奔，银河伴在身。

火星天问访，逐梦盼成真。

写于 2020 年 7 月

七绝·火星探测器发射成功（新韵）

神器扶摇傲太空，中华旗艳耀苍穹。

火星天问来揭秘，仰首深空看巨龙。

写于 2020 年 7 月

七绝·嫦娥探测器登月（新韵）

嫦娥伴月守晨星，探测蟾宫信可明。

遥望家园风景秀，神州欢庆颂升平。

写于 2020 年 12 月 1 日

七绝·嫦娥五号完美落月（新韵）

五妹嫦娥落月宫，深挖自采显神通。

千年夙愿终圆梦，一曲高歌颂伟功。

写于 2020 年 12 月 1 日

七绝·嫦娥五妹携宝归（新韵）

五妹嫦娥舞袖嘻，携来宝壤旷心怡。

神州盛典金樽举，奇迹天书玉笔题。

写于 2020 年 12 月 17 日

七绝·贺嫦娥五号回家（新韵）

嫦娥采样智无穷，交会对接展劲风。

满载返家赢赞誉，创新科技铸丰功。

写于 2020 年 12 月 17 日

七律·贺嫦娥五号任务取得圆满成功（新韵）

嫦娥五妹探崔嵬，驾驭风雷映玉晖。

地外起飞前未有，对接交会树丰碑。

九天揽月传佳话，万里行空带玮瑰。

实现毛公昔日愿，神州庆贺凯旋回。

写于 2020 年 12 月

七绝·贺长征八号火箭首飞成功

长征八号太空游，推力超前创一流。

神箭五星追日月，寰球万里展鸿猷。

写于 2020 年 12 月 22 日

七绝·祝贺中型运载火箭长征八号首飞成功

中型征八首飞成，万里扶摇气势宏。

一箭五星腾玉宇，创新科技竞峥嵘。

写于 2020 年 12 月 23 日

七绝·贺天问一号火星胜利着陆（新韵）

天问成功踏火星，乌托邦上巨龙鸣。

祝融巡视揭神秘，科技航天迈远征。

写于 2021 年 5 月 15 日

七绝·贺神舟十三号航天员胜利归来（新韵）

英雄追梦入天宫，漫步出舱舞太空。

在轨半年新跨越，凯旋携秘建奇功。

写于 2022 年 4 月 16 日

七绝·天舟四号货运飞船发射圆满成功

腾跃飞船一箭风，太空快递达天宫。

货仓满载承民愿，助力英雄探宇穹。

写于 2022 年 5 月 10 日

七绝·问天实验舱发射圆满成功（新韵）

火箭腾飞试比高，苍穹探秘任翔翱。

问天牵手空间站，三位英雄笑九霄。

写于 2022 年 7 月 24 日

七绝·神舟十四号载人飞船发射成功（新韵）

飒爽英姿展翅鹰，磅礴震撼跃苍穹。

对接快速惊寰宇，探秘巡天建驿宫。

写于 2022 年 6 月 5 日

我国载人航天"三十而立"感赋（新韵）

星辰大海漫无穷，华夏英雄志太空。

九次航天坚信念，卅年探索跃前锋。

家园傲立云霄上，壮士巡游宇宙中。

在轨驻留常往返，领先科技世人崇。

写于 2022 年 9 月 21 日

行香子·颂航天人（新韵）（苏轼 体）

倾力钻研，追赶登攀。为华夏、踏月登天。卅年岁月，九驭飞船。品乐中难，难中苦，苦中甜。

茫茫寰宇，悠悠云海。看英雄，漫步空间。驿宫高立、天地频还。让民声赞、歌声醉，笑声欢。

写于 2022 年 9 月

五绝·赞空间站

千年梦已圆，驿站立高天。

浩渺苍穹大，飞翔任往还。

写于 2022 年 10 月

七绝·欢呼中国空间站建成（新韵）

一声霹雳震苍穹，万道霞光耀太空。

驿站九霄追日月，中华千载立高峰。

写于 2022 年 10 月

七绝·贺梦天实验舱发射成功（新韵）

梦天一跃入苍穹，万道霞光耀太空。

驿站九霄追日月，中华千载立高峰。

写于 2022 年 11 月 1 日

七律·贺神舟十五号载人飞船发射圆满成功（新韵）

几度云霄载客行，神舟十五启新征。

茫茫河汉龙船渡，寂寂沧溟驿站乘。

六位英雄同在轨，三舱霸气共飞腾。

造福人类豪情壮，开辟空间举世惊。

写于 2022 年 11 月 29 日

七绝·神舟十四与十五两乘组太空会师（新韵）

会师银汉美家园，战友相拥笑语欢。

六位英雄同聚首，太空探秘谱新篇。

写于 2022 年 11 月 30 日

七绝·赞两乘组首次在轨交接有感（新韵）

神舟勇士宇空翔，在轨交接奏乐章。

六位英雄同谱曲，和声嘹亮九天扬。

写于 2022 年 12 月

七律·欢迎神舟十四号英雄回家（新韵）

神舟十四谱新篇，浩宇耕耘整半年。

梯字构型惊世界，三船并驾舞云天。

最忙乘组多风采，壮志星空绽笑颜。

建站英雄圆倚梦，平安胜利返家园。

写于 2022 年 12 月

七绝·除夕寄航天员（新韵）

万里神州万众欢，航天娇子舞翩跹。

新春把酒和诗醉，巧借银屏祝语传。

写于 2023 年除夕

七绝·空间站欢度首个春节（通韵）

空间站里笑声欢，吃饺穿新过大年。

福字春联萦喜气，高天九域共团圆。

写于 2023 年 1 月 21 日除夕

七绝·贺天舟六号货运飞船发射成功（新韵）

快递天舟跃太空，遨游星海驭云行。

货仓载满中华梦，驿站签收笑语盈。

写于 2023 年 5 月 11 日

五律·贺神舟十六号载人飞船发射圆满成功

天宫筑柳营，接力太空行。

乘组添才俊，专家结友盟。

高科求奥秘，伟业必雄横。

登月中华梦，航人有日程。

写于 2023 年 5 月 30 日

五律·贺神舟十六、十五号航天员在轨相聚（新韵）

十六速飞升，航天又历程。

三雄急盼望，万里正相迎。

聚首空间站，开怀笑语声。

神州歌壮举，探秘为和平。

写于 2023 年 5 月 30 日

2022 年 10 月迎接党的二十大召开

七绝·家乡喜迎二十大（新韵）

将临盛会四方传，村镇欢歌笑语喧。

男女都说国策好，今年收入又翻番。

七绝·老兵翘首二十大（新韵）

二十盛会要隆开，卸甲衰翁笑满怀。

老伴连呼福运到，家医网购顺风来。

七绝·庆党的二十大召开

金风送爽彩旗迎，华夏航船北斗明。

亿万人民挥大桨，扬帆破浪踏歌行。

七绝·老兵欢庆党的二十大召开

喜讯传来把酒斟，老兵献礼赋诗吟。

新题新策高声唱，举国欢腾共此心。

七绝·盛赞党的二十大（新韵）

百载红船展远幡，惊涛骇浪破难关。

航标指引千帆渡，高举锤镰九域妍。

七律·喜迎党的二十大（新韵）

喜讯传来笑语萦，山川大地沐春风。

中枢犹待雄心展，百姓相期热血腾。

再绘蓝图圆绮梦，复兴伟业启新程。

任凭恶浪惊涛起，屹立东方世界崇。

七律·迎党的二十大感赋（新韵）

万里飞鸿喜讯传，迎接党会笑开颜。

英明舵手谋宏策，卓越功勋著巨篇。

双百春风吹大地，九州丽景竞中天。

锤镰高举豪情壮，不忘初心永向前。

七律·重温党史迎二十大

百年岁月历沧桑，重整山河布暖阳。

万里长征鸣鼓角，一腔热血舞旗枪。

初心着意民生计，赤胆含情创业忙。

喜看今朝多烂漫，复兴路上再辉煌。

七律·颂党迎二十大（新韵）

红船矢志为黎民，力挽狂澜不顾身。

万众移山驱虎豹，百年指掌驭风云。

复兴华夏千帆竞，高举旌旗九域欣。

新启征程追远梦，披肝沥胆镂初心。

七律·为党的二十大召开喝彩（新韵）

五彩祥云捧日红，神州大地奏黄钟。

中华自古英雄聚，盛世当今事业腾。

赫赫丰功彪史册，皇皇经略惠民生。

举旗定向奔双百，指路明灯照远征。

鹧鸪天·学习党的二十大报告感怀（晏几道 体）

菊灿枫红景色鲜，精英携手绘山川。

百年变局从容对，万众争锋壮志坚。

新决策，立宣言，党旗指引谱宏篇。

乘风而上征程远，不忘初心永向前。

七律·永葆共产党员的先进性迎二十大

忠诚对党赤心投，奉献无私壮志酬。

愿做披鞍千里马，甘为负轭一黄牛。

救灾报国消危难，抗疫安民阻患忧。

华夏振兴情满腹，锤镰高举立前头。

一剪梅·喜迎二十大（周邦彦 体）

喜讯飞传遍九州，伟业复兴，远计长筹。核心竭力惠民生，经济腾飞，科技方道。

发展创新竞上游，万业昌荣，百舸争流。中华待到梦圆时，民可扬眉，国立鳌头。

水调歌头·万众一心欢庆党的二十大召开（毛滂 体）

华夏逢盛世，百姓赞歌扬。高楼雄伟林立，难以辨城乡。浩宇空间驿站，瀛海巡洋战舰，科技凯歌扬。国泰民安乐，幸福享康庄。

新时代，长征路，谱华章。齐心抗疫，使命担当国繁昌。双百铿锵迈步，万众豪情展望，笑傲立东方。华夏复兴梦，踏步启新航。

临江仙·贺党的二十大圆满闭幕（通韵）（张泌 体）

继往开来谋远策，英贤会聚华堂。胸怀时代志昂扬。初心不改，踔厉为国强。

报告伟文铨功绩，复兴宏业辉煌。百年经验再弘扬。中华逐梦，勇毅迈新航。

七绝·党的二十届政治局常委同中外记者见面有感

盛世京都聚俊臣，核心踔厉重千钧。
一轮红日东方耀，华夏迎来万象新。

七律·新任常委瞻仰革命圣地延安（新韵）

齐赴延安圣地观，亲临宝塔忆摇篮。

延河之水流千里，窑洞灯光耀九天。

几代英雄书史册，百年风雨固江山。

初心不忘承先志，踔厉中兴永向前。

2022年，为迎接10月16日党的二十大召开而写

满江红·共建亚欧大陆美好家园（新韵）（柳永 体）

九月金秋，清气爽、百花争艳。各元首、汇集峰会、世人惊叹！中亚古城飞笑语，上合领袖争肩担。聚智谋、共建美家园，齐称赞。

为平等，争发展。齐努力，协商建。共赢得互利，乾坤无限。上海精神扬世界，亚欧大陆通途贯。喜今日、命运紧相连，谁能撼！

写于2022年9月

七绝·"十一"感怀

晴空十月颂金秋，双百征途志不休。

经济腾飞新面貌，齐奔富裕竞风流。

写于2021年国庆节

七绝·歌唱祖国

鸿雁翱翔大写人，枫红菊艳绽华辰。

休言十月芳菲尽，且看江山处处春。

七绝·欢度国庆节

东方响起巨龙声，七十三年阔步行。

岁月峥嵘书史册，民安国泰话升平。

写于 2022 年 10 月

七绝·祖国颂

九州盛世贯长虹，举国欢腾唱大风。

伟业复兴同砥砺，家家奔向小康中。

七绝·贺科考队登顶珠峰（新韵）

登山科考挺珠峰，建站冰川立大功。

探秘地球绝顶上，队员个个是英雄。

写于 2022 年 5 月

七绝·建党 101 年感怀（新韵）

百载锤镰势若虹，复兴伟业铸丰功。

英明舵手征帆稳，一盏红灯万象荣。

2022 年 7 月

七绝·为祖国喝彩

雄狮昂首立东方，国泰民安乐小康。

丝路飞虹连四海，蚍蜉无奈叹黄粱。

2022 年 10 月

七绝·赞"五四"运动（新韵）

振兴华夏勇当先，革命飞舟骇浪尖。

马列光辉灯塔引，反封驱帝美名传。

写于 2021 年 5 月

七律·国庆礼赞

金风送爽漫花香，百姓欢歌乐小康。

抗疫连连传喜讯，救灾处处载荣光。

神舟航母中华秀，高铁虹桥世界扬。

经济腾飞追绮梦，复兴伟业谱新章。

写于 2022 年 10 月

七律·贺首届大国工匠创新交流会举办（新韵）

历来华夏有奇人，苦练勤学勇创新。

钻上流金熔岁月，水中淬火注精神。

航天探秘飞船驾，入海勘察潜艇巡。

壮志图强集智慧，大国工匠力千钧。

写于 2022 年 4 月 27 日

七律·贺中亚峰会隆重召开（新韵）

精彩纷呈五月天，高峰盛会聚西安。

六国元首齐携手，中亚人民尽比肩。

风雨同行扬正气，波涛共济战狂澜。

睦邻友好谋发展，互利双赢永向前。

写于 2023 年 5 月 18 日

七律·纪念辛亥革命 110 周年（新韵）

武昌起义震苍穹，觉醒先驱建伟功。

推倒千年君主制，迎来九域战旗升。

中山夙愿锤镰举，民众雄心鼓角腾。

天下为公泽大地，复兴圆梦迈高峰。

写于 2021 年 10 月

七律·新年贺词感赋（新韵）

天下情怀百姓心，英明谋略为人民。

新年贺语春风度，大地讴歌丽日欣。

奋斗担当酬壮志，改革发展抖精神。

复兴伟业追清梦，盛世中华耀宇坤。

写于 2023 年元旦

七律·延安文艺座谈会 80 周年（新韵）

当年宝塔聚群英，震宇黄钟指路明。

犹似甘霖滋绿野，忽如淑气润心灵。

一篇雄论拨迷雾，百姓呼声作准星。

经典传承扬盛世，振兴文艺踏新征。

写于 2022 年 5 月 23 日

七律·东部战区环岛实战化演训有感

闻令三军斗志昂，英姿抖擞战旗扬。

空中银燕穿云舞，海上蛟龙踏浪狂。

立体攻防精准狠，多方反制猛威强。

九州国土倾心爱，钢铁长城护界疆。

写于 2022 年 8 月

七律·贺我国第三艘航母下水（新韵）

国歌嘹亮彩旗红，昂首凌波一舰锋。

甲板平台磨利剑，战鹰列阵挽雕弓。

十年发展腾龙跃，百载强军傲海空。

静观惊涛风浪起，中华大地虎师雄。

写于 2022 年 6 月

七律·纪念"五四运动"暨共青团成立 100 周年

沸腾五四醒炎黄，热血青年勇救亡。

击水中流灯塔引，凌空万里大鹏翔。

昔时报国冲霄汉，今日兴邦作栋梁。

民族图强挑重担，先贤宏愿永传扬。

写于 2022 年 5 月

七律·两会抒怀（新韵）

三月京城盛会隆，共商国是奏黄钟。

殚心更为民生计，远虑深谋伟业升。

擘画蓝图铺锦绣，改革宏略漾春风。

中华实现复兴梦，幸有光明指路灯。

2022 年 3 月

七律·庆香港回归 25 周年（新韵）

彩旗飘舞灿香江，喜庆欢歌笑语扬。

含恨百年惊梦耻，践行两制暖情长。

大湾发展民心愿，法治高悬事业昌。

新政肩担酬满志，紫荆花茂吐芬芳。

2022 年 7 月

七律·赞沿海经济特区（新韵）

开放国门聚贾商，措施优惠谱华章。

改革巨浪冲千里，创业风帆越大洋。

实干精神人振奋，图新进取业繁昌。

邓公决策结丰果，卓著功勋万代芳。

写于 2021 年 6 月

水调歌头·赞祖国巨变（毛滂 体）

如画神州地，山水展辉煌。高楼庭院别墅，难以辨城乡。天问星空逐梦。蛟入深洋揭秘，大地竞流芳。丝路连环宇，举世赞声扬。

尊民意，齐脱困，步小康。防洪抗疫，求进促稳国荣昌。特色红旗引路，民族复兴在望，笑傲立东方。科技图兴盛，鹏翼展飞翔。

写于 2020 年 8 月 20 日

五律·国庆感怀

金风清九宇，百姓颂神州。

水碧千帆渡，枫红万里秋。

城乡通网络，村寨起高楼。

圆了康庄梦，中兴启远舟。

写于 2022 年 10 月

鹧鸪天·党旗颂

昂首飘扬曜碧空，神州大地灿霞红。

锤镰一舞山河壮，伟业千秋社稷丰。

心不改，力无穷，乱云翻卷自从容。

任凭滚滚雷声起，正是巍巍浩气雄。

写于 2023 年

四季风情

春

浣溪沙·小寒（韩偓 体）

暮色苍茫云笼霞，燕山隐约远天涯。朦胧阡陌舞轻纱。

闲适家中书锦绣，歌吟故里赞桑麻。围炉酌酒待春芽。

浣溪沙·辛丑元宵节（韩偓 体）

佳节元宵意味长，高悬明月闪银光。缤纷霓彩醉城乡。

惬意吟诗歌盛世，深情唱赋韵嘉祥。合家团聚喜流觞。

写于 2021 年 2 月 26 日

浣溪沙·元宵吟（韩偓 体）

月朗清辉又上元，千家灯火夜不眠，诚邀瑞兔抚琴弦。

疫去坦然欢乐聚，友来依旧笑声喧，古今不变是团圆。

写于 2023 年 2 月 5 日

七绝·春天第一雨（新韵）

雪雨霏霏水上烟，琼楼隐隐雾中观。

春风瑞色新诗赋，晨露寒梅傲骨欢。

七绝·春晓

一（新韵）

京城处处挂红灯，乐曲飘飘绕牖棂。
杨柳随风轻漫舞，梅花映日鸟欢鸣。

二

清晨漫步到桥东，灿烂霞光映水红。
脚下残冰今已醒，河边嫩柳待春风。

七绝·春雪赏梅

玉树银花喜伺晨，并肩相伴赏梅新。
夫吟妻颂幽香韵，信手拈来两袖春。

七绝·二月二龙抬头

运河倒映舞龙浮，新岁阳升好兆头。
细雨香泥争播种，春风霁日驭耕牛。

七绝·耕耘吟

恰是耕耘节令时，金牛昂首疾奔驰。
犁铧飞舞翻银浪，播种春光孕雅诗。

七绝·谷雨感吟

播种栽秧谷雨时，田间身影映朝曦。

农人不负春勤奋，展望丰年赋小诗。

七绝·贺牛年新春

东风拂面荡飞烟，柳笛悠扬漫沃田。

四野耕牛追丽日，三农播种望丰年。

写于 2021 年 2 月

七绝·今日山村

春风细雨润山川，溪水新村罩柳烟。

梁燕回归家不见，呢喃唤主往来旋。

七绝·腊八偶思（新韵）

腊八节至漫粥香，满口清甜望故乡。

期盼年关团聚日，梦魂牵手老爹娘。

七绝·年关逛超市

欢声笑语彩灯迎，瓜果鲜蔬信手盛。

我挑鲤鱼她挑肉，小车装满是温情。

七绝·盼春

暖日融冰碧水流，清风吹荡运河舟。

频观杨柳凝双眼，心盼桃花落满头。

七绝·破五包饺（新韵）

调馅飘出美味香，擀圆日月笑声扬。

合家围坐捏元宝，沸水融融煮小康。

七绝·破五感吟（新韵）

喜迎破五幸福来，映日红梅绽放开。

把酒欢歌亲友聚，浓香饺子乐心怀。

七绝·赏梅（新韵）

无心庚子赏花容，躲避新冠万巷空。

欣喜今春梅蕊艳，百年党庆驭东风。

写于 2021 年 2 月

七绝·送春

庭院黄花落雨怜，回归紫燕剪云翩。

眼前芳草无穷碧，默送春光又一年。

七绝·小寒盼雪

四季轮回入小寒，冰封数九雪蹒跚。
千岩日丽梅花艳，万树风高木叶干。

七绝·小院春色（新韵）

偶望窗前柳色新，欣看门外杏花芬。
筑巢鹊鸟多情舞，老叟歌吟满眼春。

七绝·阳春四月（新韵）

春光四月暖阳亲，野色无穷翠染新。
争艳鲜花香气醉，入怀一首小诗吟。

七绝·迎春

喜讯联翩萦瑞气，城乡贺岁闹新春。
宅家防疫学厨艺，炖肉蒸鱼美味真。

写于 2023 年 1 月

七绝·运河之春

春水长流一路歌，微风细雨润山河。
小船飘荡惊白鹭，紫燕翻飞剪碧波。

七绝·拜大年（新韵）

春风送暖过新年，万众欢欣展笑颜。
扫尽阴霾鸿运到，身心康健势冲天。

写于 2023 年 1 月 21 日

七绝·初春（新韵）

东风犹带淡香吹，小草初萌嫩绿微。
庭院俏梅犹未谢，溪边娇杏报春归。

七绝·除夕夜偶思（新韵）

七彩霓虹耀夜空，神州大地舞春风。
儿时摔炮才一瞬，游子回眸已半生。

2022 年春节

七绝·除夕之夜（通韵）

春晚歌声舞春潮，年夜钟声荡九霄。
户户欢欣辞旧岁，人人祈愿祖国娇。

写于 2021 年

七绝·春播

紫燕回归识故乡，桃花绽放满枝芳。
春深谷雨风光好，播种施肥沃野忙。

七绝·春分

乍暖还寒杏绽花，春分时节柳初斜。
长空煦煦东风抚，唤醒田间小草芽。

七绝·春分偶题（新韵）

昼夜平分碧野新，东风阵阵染桃云。
农忙垄上争播谷，喜鹊枝头唱丽春。

七绝·春耕（新韵）

晨曦初露杜鹃啼，催醒农人莫误机。
田垄轰鸣惊四野，铁牛踏破第一犁。

七绝·春节回家（新韵）

疫情缓解万民欣，高铁乡音倍感亲。
游子今朝归似箭，合家团聚喜迎春。

写于 2023 年 1 月

七绝·春忙

一（新韵）

陌上青青小草繁，村中处处笑声喧。
农人大展丹青手，泼染葱茏万亩田。

二（新韵）

阳光灿烂暖桑田，村闹春耕笑语欢。
犁地铁牛惊沃野，农夫不用再挥鞭。

七绝·春泥（新韵）

庭院新泥遇雨发，多情湿染小童丫。
孙儿只顾追蝶乐，一脚春光带进家。

七绝·春色

一

一夜冰消小草茵，风轻日丽物华新。
动人最是河边柳，妩媚先垂万缕春。

二

春风细雨润山河，大雁回归一路歌。
翠柳枝繁鸣雀鸟，翻飞紫燕剪清波。

七绝·春醒

一

燕山冬去雪消融，和煦春风染绿红。
暖日残冰浮紫气，轻雷雨露润葱茏。

二

暖阳灿灿麦苗荣，小草纤纤破土萌。
唤得春风催柳绿，飞来云雀唱诗情。

三（新韵）

门前残雪已融消，便有东风润柳条。
几树红梅浮秀色，成双喜鹊筑新巢。

七绝·春雪（新韵）

春雪空濛漫素纱，随风飘舞落千家。
楼阁远树披银锦，桃蕊含烟秀玉花。

七绝·春雨

一

霏霏雨雪洒如花，洗去寒冬草孕芽。
雾绕运河飘似梦，润滋田垄喜农家。

二

一夜东风带雨来，杏花羞涩点红腮。
清香春韵林间送，满蕴诗心笔下裁。

三

细雨霏霏裹素纱，含烟楚楚玉兰花。
春风轻送胭脂泪，洒向枝头润丽葩。

四

嫩柳扬眉小雨迎，桃花映面暖风轻。
甘霖润物田畦绿，淑气清尘日月明。

五（新韵）

春雨一犁四野肥，东风万里暖初回。
禾苗滋润农人乐，展望丰收绽笑微。

六

一夜霏霏小雨来，新芽润润竞相栽。
数声鸟唱催春绿，几树樱花正盛开。

七

细雨如酥润彩妆，胭脂满树秀春阳。
含烟杏蕊随风舞，吐艳桃花漫淡香。

七绝·大寒

一

漫步清晨沐旭阳，时时寒意透身凉。
欣欢梅蕊花枝俏，孕育春光蝶梦香。

二

地冻风寒数九天，红梅绽放喜迎年。
疫情缓解心欢畅，且有春光把梦圆。

七绝·大寒吟（新韵）

琼花千树绽凡间，梅傲浓霜百草残。
瑞雪初融寒渐尽，枯枝蓄势待春还。

七绝·谷雨

一（新韵）

声声杜宇唱朝霞，田垄繁忙种豆瓜。
谷雨时节春烂漫，怀乡骚客赋诗花。

二（新韵）

麦浪扬花布谷催，池塘碧水映春晖。
种瓜点豆农人乐，紫燕衔虫自在飞。

七绝·谷雨吟

春水桃花景色新，垄间忙碌种田人。
清香泥土沾衣袖，雨润禾苗染绿茵。

七绝·惊蛰

一

百虫苏醒草方萌，便起春雷四野惊。
虽是新年初启岁，欢腾沃土闹农耕。

二〔新韵〕

东风轻抚暖融融，悄点新枝绿渐浓。
忽起雷声惊万物，迎春花怯隐深丛。

七绝·惊蛰感吟

春雷惊起百虫鸣，细雨纷纷万物萌。
漫步京郊观绿野，展望今岁好收成。

七绝·梨园公园植树〔新韵〕

机器轰鸣旋土深，欢声一片种新林。
株株小树迎初日，叶叶相牵报早春。

七绝·立春

一〔新韵〕

东风吹荡报春归，冰雪消融暖意催。
几处农家新酿酒，飘香漫野醉红梅。

七绝·立春吟

一

东风吹遍绿天涯，残雪红梅映早霞。
千里暖云携细雨，一年四季看芳华。

二（新韵）

一年时令此轮回，小草悄悄露笑薇。
垂柳追风怀美梦，含羞摇曳待春归。

七绝·浓浓年味（新韵）

十里长街瑞气浓，中国结灿舞金龙。
亲朋相聚心欢畅，满目春联映眼红。

七绝·踏青（新韵）

柳丝袅袅岸边垂，鸳鸟双双戏水追。
燕剪云霞飞丽影，我心盛满彩春归。

七绝·喜迎春雨（新韵）

小雨轻柔一夜行，春风温润浴林丛。
百花园雅轻移步，偶见蜂蝶已上工。

七绝·喜迎壬寅过大年

激荡钟声又一年，东风遍野润桑田。
扫除瘟疫春光好，虎啸欢歌锦绣天。

2022 年春节

七绝·喜雨（新韵）

淅淅细雨五更天，滋润农家梦里甜。
唱晓金鸡催早起，春风拂面去耕翻。

七绝·乡间小景（新韵）

点豆插秧累又欢，夕阳悄悄挂山峦。
归来小院飘香味，一抹红霞就晚餐。

七绝·小寒（新韵）

轻雾朦胧入小寒，离乡鸿雁待回还。
梅花初绽娇姿美，万物更生孕育繁。

七绝·小寒吟

萧萧寒日笼八荒，漠漠风云漫溮沧。
虽有琼花千树绽，只闻梅蕊一枝香。

七绝·新年偶感（新韵）

伊始新年笑语欢，曾经细数话团圆。
疫情国策传佳讯，撷采春光入雅篇。

写于 2023 年元旦

七绝·新年有寄

木盼欣荣草望春，旧符辞岁已更新。
且存雅志追清梦，今有吟诗慰老身。

七绝·夜听春雨（新韵）

春雨淅淅夜不停，麦苗隐隐梦抽青。
天公送礼倾乡地，换取农人喜悦声。

七绝·迎新春

屠苏畅饮待新更，七彩霓虹映满城。
愿有金牛耕盛世，家家欢庆早春迎。

写于 2021 年

七绝·迎新感吟

绿萝爬上小窗台，几朵梅花笑口开。
喜鹊喳喳迎旦日，春光悄悄润诗来。

写于 2023 年元旦

七绝·咏春

细雨霏霏半夜离，早霞冉冉一窗奇。
才看蜂蝶寻梅韵，又上桃花觅小诗。

七绝·雨水

运河滟滟净无尘，瑞气溶溶报早春。
细雨送来芳草色，东风吹过种田人。

七绝·雨水吟（新韵）

漠漠轻寒细雨濛，绵绵泽润麦青葱。

春风吹送梅花馥，万物萌发晓日融。

七绝·元旦感怀（新韵）

伊始新年笑语欢，曾经细数话团圆。

疫情新策传佳讯，撷采春光入雅篇。

写于 2023 年元旦

七绝·元宵佳节

霓虹璀璨竞妖娆，玉魄迎春耀九霄。

举目满城萦喜气，吟诗一首赞今朝。

写于 2023 年 2 月 5 日

七绝·元宵节

元宵灯火总相宜，今夜春风又守时。

明月清辉团聚乐，梅花弄影展芳枝。

七绝·元宵节送友

相逢十五元宵夜，挥笔新诗寄酒樽。

无奈须臾离别去，不知何日叩君门。

七绝·元宵夜寄兄

元宵欢聚笑声频，街巷灯光炫彩缤。
手捧银屏千万语，与兄今夜话新春。

七绝·元宵之夜（新韵）

元宵佳节挂红灯，千里清辉漫夜空。
高举芳樽邀玉魄，放飞思绪舞春风。

七绝·赞弟妹种树（新韵）

老宅墙外一片林，柳绿桃红满眼春。
弟妹勤劳亲手种，只为福佑后来人。

七绝·早春（新韵）

东风吹抚鸟鸣欢，遍野萌发小草尖。
忽见嫣红梅数朵，向人含笑报春先。

七律·牛年春望

傲雪迎风绽腊梅，三牛哞叫又春回。
红船荡起千波涌，镰斧挥鞭万马催。
建立繁华新世界，掀翻旧制扫尘灰。
历经十秩从头越，逐梦炎黄后浪推。

写于 2021 年

七律·踏春（新韵）

杨柳河边倒影长，三春晖映百花香。
青峰若隐霓裳舞，碧宇轻飞鸟弄腔。
郁郁麦苗歌绿野，欣欣瓜果颂农桑。
夜来细雨呈新景，晨起和风抱暖阳。

七律·小寒感吟（新韵）

小寒数九入深冬，滴水成冰冽北风。
映日梅花争秀色，含霜松柏待春荣。
心中祈愿瘟神灭，笔底讴歌勇士雄。
贴对张灯浮瑞气，民安国泰颂年丰。

写于 2022 年

七律·辛丑新春放歌

炫彩霓虹映满楼，喧天锣鼓报春稠。
江南云暖清波溢，塞北融冰瑞气浮。
抗疫救灾兴百业，国强民富践三牛。
中华昌盛山河秀，圆梦新征日月道。

写于 2021 年

七律·辛丑迎春

一

老去情怀日月长，悠闲作赋慰秋方。
梅花暗自飘香远，残雪初融近夕阳。

学律才知非易事，吟诗偶得练平常。

新年伊始迎春到，杨柳随风嫩且黄。

二

蹉跎岁月事无成，晚暮诗词慰结盟。

追忆青山豪气在，回归白发壮怀生。

心安执笔歌昌世，身健挥毫唱远行。

春暖花开迎丽日，精神抖擞启新程。

写于 2021 年

七律·春分

长河薄雾漫轻纱，堤岸虬枝弄影斜。

嫩柳多情撩逝水，娇桃有意舞飞花。

春浓瑞气浮原野，天暖阳光浴麦芽。

杜宇催耕农事紧，双飞紫燕筑新家。

七律·春分吟（通韵）

节令春分昼夜齐，山川大地换新衣。

欣欣小麦葱茏秀，艳艳桃花窈窕姿。

紫燕筑巢心共语，鸳鸯戏水影相依。

农人畅想桑麻事，四野耕耘杜宇啼。

七律·春雪

琼芳洒落到天涯，片片飘飞入万家。

遥望田园铺玉毯，近观林木绽梨花。

纷纷瑞雪迎春秀，阵阵轻风抚柳芽。

感我山河融紫气，闲来老骥韵诗葩。

七律·欢度元旦（新韵）

时光弹指一挥间，不觉惊心鬓发斑。
坐赏银屏腾瑞气，吟诗拙笔赞丰年。
南疆日照鲜花艳，北地冰封大雪翩。
微信与儿欢笑语，举杯遥祝庆团圆。

写于 2023 年元旦

七律·欢度元宵节

远山落日放金霞，大地城乡绽彩花。
九陌纵横连瑞气，万门闪烁共清华。
神州曲奏千秋梦，冬奥声传四海涯。
把酒欢歌观皓月，漫天星斗唤诗家。

写于 2023 年

七律·惊蛰吟

滚滚雷声四野惊，蛰虫苏醒奏和鸣。
随风翠柳婆娑舞，带露金钟烂漫荣。
郁郁麦苗迎暖日，喳喳鸟鹊闹春耕。
农人愉悦田间望，祈盼丰年喜气萦。

七律·壬寅新春放歌

一夜春风万物萌，五环神韵九州行。
欣逢佳节笙歌舞，喜会宾朋笑语盈。
雪道同心争胜负，冰台携手话和平。
奥林圣火迎新岁，虎跃中华瑞气生。

写于 2022 年

七律·瑞雪迎春（新韵）

迎春瑞雪守时来，细软轻盈遍野开。
檐挂灯笼观素影，风吹梅蕊展香腮。
茫茫天地达仙境，润润山河筑玉台。
问候祝福萦喜气，畅吟新岁醉诗怀。

七律·岁杪感吟（新韵）

时光飞逝又新年，喜庆红灯不夜天。
丽日长风拂万树，粼波碧水荡千帆。
梅花朵朵清香远，白雪飘飘素影寒。
把酒金樽寻雅韵，歌吟盛世赋诗篇。

写于 2023 年 1 月

七律·岁杪有感

日月穿梭又岁更，闲来拙笔赋诗情。
虽非绝妙惊人句，却是清平报国声。
对酒开怀歌盛世，读书乘兴唱繁荣。
唐风宋雨吟成律，老骥心怡道晚晴。

写于 2022 年

七律·喜迎兔年

壬寅留下虎威声，卯兔欢腾入户行。

三载寒霜增胆气，今朝春雨润诗情。

吉辰松柏迎风立，献岁梅花傲雪盈。

喜度新年闲自得，弹琴举酒奏和鸣。

写于 2023 年

七律·新年放歌（新韵）

欢腾卯兔跃神州，遍野东风亮眼眸。

灿灿霓虹清夜艳，粼粼河水碧波悠。

灯笼迎禧红千户，联对接福满万楼。

一扫瘟霾明日月，高吟盛世醉金瓯。

写于 2023 年

七律·新年抒怀（新韵）

欢天喜地闹春晖，祥瑞楹联绽笑眉。

四面群山连碧落，满溪花影灿红梅。

创新发展千帆渡，奋力拼搏万马追。

圆梦复兴民凤愿，中华崛起贺声飞。

写于 2021 年

七律·阳台春色（新韵）

欢飞喜鹊舞朝阳，植秀楼台浴碧光。
三角梅红张笑脸，几株萝绿漫帘窗。
堤岸垂柳柔柔绿，庭院迎春润润芳。
极目青云怀远梦，心情愉悦赋诗章。

七律·咏春分（新韵）

阴阳昼夜又平分，大地江河万物新。
细雨濛濛滋柳色，东风阵阵染桃云。
机隆唱响耕耘曲，水舞歌欢灌溉春。
杜宇声声催战鼓，披星戴月奋农人。

七律·元旦感怀（新韵）

踏雪寻梅气象新，绽开花蕊吐红云。
门前灯火迎元日，院外松筠贺早春。
浊酒千觞得雅句，清词一阙送知音。
悠悠岁月催白发，眷眷余晖抱素心。

写于 2022 年

七律·元旦抒怀（新韵）

辞旧更新众尽欢，莺歌燕舞庆嘉年。
九章神算超时代，五妹嫦娥领世先。
抗疫降魔书史册，脱贫致富绘鸿篇。
喜迎双百征程路，特色旗扬锦绣天。

2021 年元旦

清平乐·春分（新韵）（李白 体）

茵茵草现，旭日霞光艳。戏水鸳鸯知水暖，笑赏柳丝拂岸。

又是昼夜平分，欣迎时序更新。田野麦苗竞秀，园林桃杏争春。

五绝·春日剪影

燕莺撩灿阳，蜂蝶采幽香。

鱼跃波纹漾，风吹柳笛扬。

五绝·落花

漫步赏春荣，聆听小鸟鸣。

忽看一地锦，不忍踏花行。

五绝·春耕

喜鹊唤朝阳，银犁遍野忙。

农人挥彩笔，描绘美田庄。

五绝·春景

庭院满春熙，风舒翠柳垂。

聆听欢雀闹，细数小花枝。

五绝·春雪

天空舞雪花，飞落万千家。

妆点园林秀，殷勤润嫩芽。

五绝·春雨

濛濛细雨来，悄悄净尘埃。
滋润枝头蕊，怡然次第开。

五绝·惊蛰

春雷惊旷野，唤醒百虫伸。
节令人勤早，山河万物新。

五绝·喜迎春雪（新韵）

寒英闯入怀，老叟笑颜开。
静谧观花绽，清新扑面来。

五绝·小寒吟（新韵）

寒风抚霭空，腊月绽梅红。
飘洒琼花舞，新年味渐浓。

五绝·云湖春

湖畔柳丝摇，花儿竞比娇。
榴裙舒袖舞，琴韵漫云桥。

五绝·运河晨曲

运河映彩霞，入目尽芳华。
鸥鹭随波舞，欢歌几钓家。

五绝·植树节有感（新韵）

田园一片林，风舞尽回春。

欣赏清幽美，铭恩种树人。

五律·春忙

桃花舒烂漫，翠柳舞婆娑。

溪水流清韵，春云映碧波。

耕耘忙四野，插种育新禾。

一派欣欣景，千家曲曲歌。

五律·迎新感吟（新韵）

时光如过隙，世事亦云浮。

把酒闲情饮，吟诗惬意书。

祥晖腾瑞气，春色看宏图。

抖擞来年志，勤耕贯始初。

写于 2023 年

五律·元旦晨语

红灯辞旧岁，笑语响晨声。

健壮金牛舞，轻盈翠鸟鸣。

疫苗传喜讯，致富步新程。

华夏迎昌世，流芳万古明。

写于 2021 年

五律·春景（新韵）

妩媚春光秀，田间景色娇。

千山腾紫霭，万水舞澄潮。

细雨梳花树，微风润麦苗。

齐心奔富路，百业竞新高。

五律·春日寄怀（新韵）

春雨园林润，风拂小草萌。

晓窗观柳影，夜幕醉筝声。

勤诵诗书韵，常耕笔墨情。

暖阳舒壮气，惬意话余生。

五律·春醒

信使又回归，东风醒翠微。

河开青柳舞，日出白云飞。

村女织丹凤，农人施绿肥。

门前群鸟闹，心底漾春晖。

五律·大寒吟

数九寒风冽，燕山瑞雪莹。

轻飔吹月冷，初日照春晴。

仰望浮云远，聆听宿鸟鸣。

梅花争绽放，万物孕新生。

五律·惊蛰（新韵）

轻雷隐隐闻，唤醒百虫伸。

时序年光过，园林景物新。

黄花开胜赏，绿麦满芳春。

举目田间望，辛劳种地人。

五律·赏春（新韵）

燕剪千丝柳，鹏翔万里云。

远山林郁翠，幽径草清芬。

骀荡和风爽，轻盈细雨温。

眼前舒画卷，斜日几归人。

五律·小寒（新韵）

梅蕊喜寒冬，幽香戏朔风。

岂忧天际冷，且享酒浆浓。

沃野披银秀，层林透碧荣。

当知春不远，五谷必丰登。

五律·新年放歌（新韵）

年序又更新，城乡报喜音。

高歌灵鼠去，起舞壮牛临。

民富安天下，国强盖古今。

小康圆凤梦，盛世众欢欣。

写于 2021 年

五律·迎早春

晨起踏春光，悠悠野兴狂。

河流犹渐暖，梅朵漫清香。

帆影盈盈远，琴音润润长。

朝霞云灿烂，万物梦飞扬。

五律·运河早春（新韵）

河畔柳丝青，轻舟客远行。

花开恩润雨，草绿谢春风。

嬉戏游鱼跃，逐欢俊鸟鸣。

琴音歌岁月，惬意赋诗情。

西江月·暮春（新韵）（柳永 体）

日照红霞烂漫，风吹绿树婆娑。麦青抽穗映阳和，柳絮随风轻落。

荷露尖尖嫩叶，鱼游漾漾清波。莺啼声里恋春歌，遍地飞花醉我。

行香子·运河春韵（晁补之体）

漫醉晨光，雅颂朝阳。放双眸、百草清香。风摇苍翠，笛奏悠扬。赏水流荡，湾流急，碧流长。

园林幽静，游人欢畅。抒豪情，轻解诗囊。春生文赋，雨润词章。咏桃花艳，梨花白，菜花黄。

一剪梅·谷雨（通韵）（周邦彦 体）

细雨和风池水斓。鱼戏逐欢，蝶舞翩跹。桃红柳绿早霞观，童趣村边，燕闹屋檐。

麦垄连天波浪翻，花果林园，心盼丰年。种瓜点豆笑声欢，忙在田间，梦里香甜。

忆秦娥·谷雨（新韵）（李白 体）

春风暖，雨生百谷玫瑰艳。玫瑰艳，蜂蝶追戏，云霞燕剪。

施肥灌溉青苗灿，田间飘荡歌声远。歌声远，汗挥一垄，麦香千万。

忆秦娥·大寒吟（贺铸 体）

喜迎新，庭前细赏窗花芬。窗花芬，新年将至，万众欢欣。

宅家三载学诗文，齐心抗疫驱瘟神。驱瘟神，频传捷报，大地迎春。

鹧鸪天·春耕（新韵）（晏几道 体）

雨霁山林尽郁葱，河边紫燕舞清风。

田畦映日禾苗翠，桃杏争春花蕊红。

阡陌里，果园中，繁忙欢快闹农耕。

人勤春早新村美，心盼秋来硕果丰。

鹧鸪天·过大年（晏几道 体）

喜庆楹联满目新，窗花映照素颜人。

亲朋围坐芳樽举，晚辈欢歌笑语频。

同祝福，享天伦，悠闲自得健康身。

团圆今岁心舒畅，安度时光仍惜春。

鹧鸪天·新春感赋（新韵）（晏几道 体）

春雪涤尘大地清，神州处处瑞祥迎。

城乡万里华灯耀，江海千帆皓月明。

国永泰，享安宁，齐心协力启新征。

创新深改迎双百，正举风鹏向复兴。

鹧鸪天·元宵节寄怀（晏几道 体）

细雨春声悦耳听，东风瑞气贺升平。

融融醇酿元宵酒，灿灿灯光耀眼明。

猜谜语，赏花灯，秧歌锣鼓踏歌行。

欣逢盛世人心暖，明月清辉照燕京。

夏

七绝·初夏感吟

宅居终日苦冥思，逐句推敲韵小诗。

偶步公园花落尽，方知春去许多时。

写于 2021 年 5 月

七绝·立夏

一（新韵）

无边沃野舞南风，雨后清新绿更浓。

翠鸟欢鸣穿碧树，榴花悄染晚霞红。

二

绿树浓荫日见长，成群鹅鸭戏池塘。
农夫垄上忙除草，麦穗迎风漫淡香。

七绝·芒种（新韵）

绿水青荷映碧天，红桃黄杏秀娇颜。
声声布谷催播种，处处机收麦野欢。

七绝·农忙

不舍晨光伴夕晖，间苗锄草又施肥。
汗流满面休言累，恐误农时忘却归。

七绝·入夏吟（新韵）

小麦扬花秀翠微，暖风拂柳燕翻飞。
农人耕种归来晚，展望丰年举酒杯。

七绝·晚归

挥锄除草豆苗间，大汗淋漓手不闲。
铲掉心头繁琐事，身披霞彩把家还。

七绝·夏日（新韵）

窗前喜鹊唱黎明，紫陌禾苗入画屏。
苍翠欲滴抒雅意，一花一草总牵情。

七绝·夏日感吟（新韵）

东君早早露红颜，雀鸟啾啾扰梦喧。
阳伞高撑遮赤热，静心小坐度炎天。

七绝·夏夜

漫步云湖纳晚凉，林亭柳岸月清光。
微风吹送新灵韵，一首诗花漫淡香。

七绝·乡村小景

绿树浓荫黛瓦房，时蔬瓜果满园香。
鸡鸣犬吠顽童戏，风送炊烟绕晚阳。

七绝·小满（新韵）

小满时节燕语哗，如烟细雨落千家。
灌浆麦穗迎风舞，蛙鼓畦田唱稻花。

七绝·初夏（新韵）

花引蜂蝶舞翠林，琼枝霞染醉怡心。
淡烟芳草含甘露，明月清辉照古今。

七绝·处暑夜吟

天高气爽渐凉生，弯月东山分外明。
满地黄花沾雨露，一声鸿雁恋乡情。

七绝·河边漫步

荷花含露秀娇妆，岸柳和烟碧影长。
漫步吟诗心惬意，一身细雨透清香。

七绝·立夏吟

无边麦浪漫清香，茂树浓荫日渐长。
锄地农夫双臂舞，勤劳必获满仓粮。

七绝·麦收

一夜南风地陇黄，无边田野铁牛忙。
挥镰流汗他年事，今日轻松麦入仓。

七绝·农家小院

瓜豆绵绵院绿葱，石榴灿灿坠灯笼。
攀墙叶下葫芦嫩，挂果枝头小枣红。

七绝·盛夏

金蝉阵阵叫声扬，热浪蒸蒸肆意狂。
手捧诗词来树下，轻轻吟颂自清凉。

七绝·夏日偶题

林荫树下一丝凉，月季园中几度芳。
碧水荷花浮胜境，清风明月入诗行。

七绝·夏韵（新韵）

无穷翠碧漫千山，不尽溪流涌百川。
蝶吻莲花鱼竞跃，群蛙阵鼓伴鸣蝉。

七绝·夏至吟（新韵）

蝉鸣阵阵热风狂，夏至时节昼最长。
华北开仓忙储麦，江南早稻穗花扬。

七绝·乡村初夏

槐花香气满农家，月季娇容灿若霞。
成队鸭鹅浮绿水，欢声布谷话桑麻。

七绝·消暑

漫步河边纳晚凉，星稀云少月苍茫。
波涛荡漾轻舟远，一阵清风袖底藏。

七绝·小满吟（新韵）

多情麦浪恋轻风，池澈初荷绿几层。
小燕呢喃勤问候，榴花似火伴霞红。

七绝·雨后

万千气象彩虹长，碧水粼粼映紫光。
翠盖随风珠露舞，莲花含笑满池香。

七律·初夏吟

运河岸曲水流长，沃野晨晖饰美妆。

郁郁丛林莺语婉，盈盈田地麦花扬。

翻飞雏燕晴空舞，酿蜜金蜂丽蕊忙。

月季争荣迷远客，笑观初夏好风光。

七律·立夏农事

阡陌清风野草香，杜鹃声里正农忙。

乡人趁雨栽红薯，苞谷生长灌水浆。

垄上催收油菜籽，家中叨念打工郎。

心疼父母操劳苦，摘了樱桃又采桑。

七律·芒种

常见骄阳漫四方，偶逢细雨润城乡。

苍天深意添佳韵，节令多情饰彩装。

田垄稻禾争秀色，园林瓜果送清香。

青梅酿酒催人醉，金麦丰收满谷仓。

七律·夏日抒怀

南风吹拂柳丝扬，初绽莲花漫淡香。

波软双双新鸟戏，草柔处处幼蛙藏。

蝶蜂采蜜高低舞，莺燕翻飞远近翔。

落笔千言心感慨，豪情满载韵诗章。

七律·处暑

窗外蝉鸣渐欲休，庭前暑气去无留。

花残月下温凉梦，云裂天中远近忧。

河面波微芦影淡，草丛露润蛐声稠。

山川万里金风染，稻浪千重布满秋。

七律·处暑吟（新韵）

夜雨梧桐飞落叶，秋时弱柳咽孤蝉。

丛丛金谷随风舞，片片银棉映日妍。

绣女编织忙不断，壮男备战待开镰。

莫因绿减诗情少，只为斑斓韵味添。

七律·大暑京郊漫步（新韵）

偶赏京郊晚日晖，蒸腾热浪彩云追。

身前苞谷黄须展，眼下棉铃绿瓣垂。

百里运河连碧落，千株茂树任风吹。

花生青豆蓬勃长，期待丰年喜上眉。

七律·大暑吟

京郊岚雾似云烟，暑气蒸腾灸热天。

堤岸熏风梳细柳，运河烁日映荷莲。

寻幽架下鲜蔬挂，放眼林中硕果悬。

千亩良田多美景，江山安泰兆丰年。

七律·立夏感怀（新韵）

湖海冲波起大风，田间麦浪舞长龙。

残花犹恋青枝干，倦鸟尚栖绿树蓬。

几缕烟云飘旷宇，一轮斜日恋高峰。

莫愁镜里白发重，仍有心中正气升。

七律·立夏忙

阳光灿烂麦花扬，布谷欢声立夏忙。

锄舞平畦来种豆，渠开灌水去栽秧。

父兄豪气培新果，姑嫂清心绣锦香。

破晓迎霞人起早，鸡鸣犬吠闹村庄。

七律·夏至感怀（新韵）

绿树浓荫时夏至，燕山微雨影朦胧。

彩蝶飞梦多情舞，雏鸟乘风快意腾。

一岭炊烟一岭翠，万条溪水万层峰。

莫愁夕照霞光远，总有心中日月明。

七律·小满吟（新韵）

温风吹抚绿荫长，田垄禾苗映灿阳。

杨柳飘摇随燕舞，蝶蜂宛恋觅花香。

盈盈月季芳容媚，隐隐蛰虫野意茫。

小满心怡乡梦醉，无边麦穗变青黄。

五绝·芒种

时雨夏收忙，家家麦入仓。

施肥栽玉米，灌水插禾秧。

五律·立夏喜雨（新韵）

飘雨春光尽，生烟夏景来。

庭前飞乳燕，阶下润新苔。

树树迎风舞，花花带露开。

水声流四野，诗意满情怀。

五律·芒种

乡间多画意，夏日好风光。

笑赏花迎客，欣观麦入仓。

雨柔时润笔，酒烈总添香。

布谷声声唤，催人陇上忙。

五律·小满吟

新莺碧树翩，阳气满山川。

荷叶迎风舞，榴花映日妍。

家家瓜果熟，粒粒麦浆圆。

把酒农人醉，高歌幸福年。

五律·小雨（新韵）

微风小雨纷，空气自然新。
草际珠光闪，林间鸟语频。
青青禾粟茂，郁郁豆疏欣。
笔底歌清韵，心中已净尘。

五律·处暑

此日消残暑，风凉报早秋。
寒蝉藏绿树，细雨纳溪流。
莲子垂眉满，珠榴笑脸羞。
迎香书画卷，借酒赋诗讴。

五律·处暑吟

处暑渐清凉，风轻耀灿阳。
池塘莲藕盛，田野谷粮香。
垂果榴争艳，高枝枣闪光。
家家欢笑语，户户扩屯仓。

五律·大暑（新韵）

熏风伴炙阳，暑热噪蝉狂。
百卉蜂蝶舞，千林雀鸟藏。
儿童争戏水，翁媪觅清凉。
碧野翻波浪，荷莲漫淡香。

五律·立夏吟

青禾映日光，垂柳伴风扬。
朵朵鲜花丽，翩翩小燕翔。
蝶蜂枝上舞，桃李叶间藏。
骚客吟幽韵，农人爱谷香。

五律·盛夏

雨过燕身轻，浓荫小鸟鸣。
捧珠花有韵，含露草多情。
桃李高枝秀，禾苗四野盛。
夕阳山尽处，目断紫烟生。

五律·夏日村景（新韵）

小燕空中舞，熏风丽日来。
林间藏嫩果，麦气满香腮。
绚烂榴花盛，葳蕤月季开。
一场微雨过，清爽润心怀。

五律·夏至（新韵）

天热蝉鸣叫，荷花艳丽开。
轻风拂碧树，细雨润青苔。
菜圃黄瓜采，田畦绿豆栽。
枝头雏鸟唱，诗意满情怀。

五律·夏至

南风柳影长，曲径树荫凉。

陌上蒿蓬绿，池中菡萏香。

蛙鸣藏叶下，蝉唱隐枝狂。

大地生霞色，心怡好日光。

五律·消暑

盛夏热风狂，蝉鸣伴烈阳。

闭门书一卷，落笔字多行。

室静当消暑，心安即纳凉。

饮茶清气爽，得句润诗章。

五律·小暑吟（新韵）

渐渐向伏天，群蝉满树喧。

池莲歌细雨，岸柳舞轻烟。

菜圃鲜蔬漫，园林硕果悬。

心平生静气，惬意诵诗篇。

渔家傲·小满（晏殊 体）

和暖夏阳明媚照，繁忙时节闲人少。紫燕捉虫身影巧。蛙声叫，红荷青叶花鲢跳。

轻软山风新果俏，陇头麦穗香浆饱。早稻扬花丰收兆。溪流绕，农夫田角扬眉笑。

秋

七绝·立秋有感（新韵）

立秋清瑟果丰馨，挥汗农夫获遍金。
雨顺风调天意尽，终究不负种田人。

七绝·暮秋

窗外飘来菊蕊香，门前闪耀树枝黄。
飞鸿一字长空去，原野迷茫遍地霜。

七绝·清晨积云密布

秋日晨曦雁唳鸣，积云翻滚舞空横。
纵观万马追风去，遥望东方透日晴。

七绝·庆丰收

云淡天高桂子香，机鸣原野稻收忙。
垂垂硕果千枝挂，户户仓盈五谷粮。

七绝·秋实偶思

一阵清风漫桂香，门前垛架挂金黄。
若无春日勤耕种，岂有秋天谷满仓。

七绝·秋思（新韵）

西风渐渐入秋凉，细雨濛濛透小窗。
遥望梧桐飞落叶，思乡愁绪满心房。

七绝·秋夜（新韵）

微凉月色笼纱窗，阵阵秋风送淡香。
伏案读书思绪远，草虫奏曲梦悠长。

七绝·深秋

霜林寒草恋深秋，云海苍茫向远游。
鸿雁一排天际过，随风带走几多愁。

七绝·霜降

霜降来临已暮秋，田垄晚稻正丰收。
芸薹麦子耕耘季，多少农人汗水流。

七绝·望乡

站在亭台望远方，运河烟水念思长。
离愁归梦寄秋雁，携我诗情到故乡。

七绝·中秋吟

篱边一片菊花黄，明月清风漫淡香。
满腹乡愁无处寄，唯将思念赋诗行。

七绝·中秋月（新韵）

皓月清辉带露寒，九州佳景任凭栏。
魂牵梦绕中秋夜，多少情思寄月圆。

七绝·初秋（新韵）

玉露沾襟傍晚行，草虫切切起秋声。
凉风一阵高林去，雀鸟啾啾月色朦。

七绝·立秋（新韵）

昼间热浪夜无痕，细雨敲窗悦怿人。
耳畔寒蝉歌晚翠，庭前梧叶报秋临。

七绝·立秋漫步（新韵）

秋日悠闲漫步行，荷塘莲藕淡香萦。
凉风惬意吟诗唱，暮色枝头看月升。

七绝·秋到农家（新韵）

扁豆花繁枣透红，南瓜如斗挂墙东。
一家围坐葡萄下，笑语欢歌酒气浓。

七绝·秋夜

一

几树蝉鸣半月横，一窗萤火赏初晴。
西风落叶惊残暑，又见澄凉洒满城。

二

清辉明月照千家，园圃秋风拂菊花。
柳影婆娑飘落叶，蛐声断续透窗纱。

七绝·晚秋

清冷星河月似钩，声声雁唳荡心头。

亲情故土萦乡梦，满地霜花染晚秋。

七律·丰收吟

金风玉露润田畴，万户千家福满楼。

稻谷飘香波浪美，葡萄滴翠缀枝稠。

年丰人寿诗情好，瑞色秋深画意悠。

物阜民殷歌盛世，欢声笑语遍神州。

七律·寒露感怀（新韵）

闲来漫步运河滨，望断波流万顷金。

一叶小舟随水远，长空大雁向云深。

菊花频醉三秋意，枫树犹怀二月心。

寒露凝霜抒画卷，斑斓五彩化诗吟。

七律·金秋吟

无边田野闪金光，霜叶飘飞遍地黄。

轻霭升腾云戏浪，晚霞沉落雁南翔。

丛丛菊艳随风舞，朵朵葵花向日芳。

五彩斑斓如画卷，尽兴老叟韵诗章。

七律·秋分（新韵）

不觉秋分夜转长，金风阵阵送清凉。

碧空鸿雁添诗韵，紫陌斜阳入画廊。

近赏园林瓜果艳，遥观田野稻菽黄。

三农唱响舒心曲，五谷千家颂乐康。

七律·秋日偶思（新韵）

竹篱菊绽沁香芬，偶效陶翁避世尘。

笔下歌吟清雅韵，花间茶酒赋闲人。

燃情雪域留足迹，翘首滇西寄梦魂。

老骥壮心惜岁月，精神抖擞喜耕耘。

七律·霜降感赋

落叶随风遍地黄，深秋时节几番凉。

凭窗静赏阶前露，放目遐观陌上霜。

朵朵浮云飘远去，茫茫雁阵往南翔。

一生辗转惊双鬓，只把相思寄故乡。

七律·霜降有感（新韵）

清冷寒霜透我身，运河波浪闪流金。

渔舟荡漾千帆远，雁阵空濛万里云。

如火红枫怀倚梦，知秋白发守诗心。

太平盛世风光好，安享余年自诵吟。

七律·中秋感怀（新韵）

金秋天宇月清纯，熠熠银辉照世人。
四海同生萦客梦，五湖共聚望乡心。
幽思化作诗中韵，怀念凝成笔底文。
潮往潮来云涌动，悠悠往事慰胸襟。

七律·白露

天高气爽渐清凉，枯草凄凄闪露光。
田垄棉花浮素彩，园林苹果漫甜香。
风吹河岸芦花白，寒袭山川菊瓣黄。
残暑蝉声随树噪，新秋雁影傲空翔。

七律·白露吟

晓露盈盈映日明，凉风阵阵爽身轻。
桂花香远悠扬韵，桐叶飘飞宛转声。
唧唧草虫寻旧梦，沉沉稻谷蓄真情。
新秋瓜果悬枝挂，残暑寒蝉隐树鸣。

七律·秋到运河（新韵）

偶觉新凉已挂腮，遥观绿野笑颜开。
岸边树静风独去，水面云浮影自来。
一抹金晖牵梦远，几只苍鹭戏波徘。
轻盈飘荡芦花现，已报秋声近水台。

七律·秋入农家

落日村边小枣红，稻花香透晚来风。
田畴苞谷黄金玉，园地鲜疏碧翠葱。
几处炊烟生瓦舍，一窝鸡仔抢飞虫。
农人热议桑麻事，笑看今年硕果丰。

五绝·立秋

山村景色幽，酿酒待丰收。
稻谷飘香远，金黄染满秋。

五绝·立秋吟（新韵）

莲蓬滚露珠，暑热渐消除。
虽见斑黄叶，何妨爽气舒。

五绝·霜叶

霜叶绎深秋，浮沉逐水流。
拾来三五片，思念寄心头。

五律·秋分（新韵）

秋分平昼夜，阡陌野菊荣。
露重千枫秀，秋深百果盈。
西风凋翠色，南雁恋离情。
喜悦农人望，田畴五谷丰。

五律·白露

秋风早晚凉，白露湿衣裳。

日映青峰秀，波摇碧水长。

荷残存墨绿，菊艳展明黄。

飞鸟当空舞，田畴五谷香。

五律·白露有感（新韵）

寒蝉抱树咽，群燕已南迁。

闪闪清珠润，垂垂硕果圆。

搔头恩岁月，挥笔颂河山。

满目丰收景，开怀又一年。

五律·秋收乐

秋爽返家乡，迎风笑语扬。

双眸金谷灿，四面铁牛忙。

地里连村里，朝阳至暮阳。

条条车马运，户户稻粮香。

鹧鸪天·秋收（晏几道 体）

遥望田园一片黄，金风吹拂漫清香。

棵棵枝秀羞容果，穗穗眉弯笑脸扬。

喧沃野，闹村庄，满车沉甸载秋光。

高空雁唳南飞远，大地机歌谷入仓。

冬

七绝·初冬（新韵）

秋尽寒来又入冬，天边鸿雁越高空。

北风吹走千山绿，一夜霏烟万树凇。

七绝·初冬村景

秋尽霜浓百果香，金黄玉米挂南墙。

若无春日勤耕种，岂有今年谷满仓。

七绝·初雪

深秋雁阵别枫红，绕树鸦声抖瑟中。

一夜寒风冬已至，琼花袅袅舞苍穹。

七绝·大雪

飒飒狂风惊夜梦，萧萧落叶舞楼台。

曦光万道轩窗入，一片琼花映眼来。

七绝·冬日公园（新韵）

寒天河水冻波纹，树杪随风鸟哑喑。

不见大妈摇扇舞，但看湖面踏冰人。

七绝·冬至夜

瑞雪飘飘舞夜长，梅花朵朵漫清香。

亲人围坐金樽举，珍惜桑榆好岁光。

七绝·寒露

月光清冷已深秋，堤岸芦花又白头。

摇桨惊飞孤鹭去，西风一夜起乡愁。

七绝·寒露吟

秋叶飘飞草渐黄，昼温夜冷气初凉，

桂花噙露摇疏影，窗下含情洒淡香。

七绝·京城初雪

喜见银花满树开，爱听文友展诗才。

随吟枫叶明春绿，又唱清新世界来。

七绝·立冬（新韵）

黄叶丹枫碧水寒，夕阳鸿雁逝云天。

北风吹走千山绿，初雪飘飞万树烟。

七绝·立冬随吟（新韵）

落叶飘零又报冬，西风霜露染枫红。

才闻紫燕鸣烟柳，忽见飞鸿越碧空。

七绝·立冬闲吟（新韵）

河岸芦花似雪飞，寒风冷彻总相催。
枝头黄柿啥霜醉，满眼红枫映日辉。

七绝·暖阳晒被

冬阳渐暖好风光，姑嫂欢声晒被忙。
软缎融融迎丽日，空中阵阵淡花香。

七绝·数九迎客（新韵）

天寒地冻雪缤纷，梦境依稀见故人。
今日迎来千里客，且将热酒暖乡音。

七绝·听雪

窗前拂晓落仙卿，细语轻盈亦有诚。
云带纷纷飘秀色，风摇簌簌唱春声。

七绝·听雪吟

细听残雪化春声，长啸寒风且自行。
唯有诗心能解意，吟哦平仄最融晴。

七绝·小雪

飞花款款下瑶台，朵朵精灵化蝶来。
娇态无声歌雅韵，素心着意涤尘埃。

七绝·雪（新韵）

瑞雪轻柔舞漫空，山川静卧似银龙。

甘霖滋润良田沃，待到春来万物葱。

七绝·吟雪（新韵）

轻柔飘舞漫苍穹，纷落山巅卧玉龙。

化作甘霖滋沃野，更将瑞气化春浓。

七绝·迎初雪（新韵）

飞雪丛林燕地寒，晶莹垂挂胜花繁。

遥观松柏银枝俏，近赏金英玉润妍。

七绝·运河雪

雪霁河边猎景忙，芦花迎面曳苍凉。

一帆烟水萦清梦，两岸霜枫寄远方。

七绝·冬夜（新韵）

漫天银粟舞空中，争艳寒梅映雪红。

傲骨劲松凝晚翠，高歌痛饮梦春荣。

七绝·寒冬（新韵）

凛冽寒风雪舞空，冰凌檐下响叮咚。

羽绒衣帽忙身裹，心盼何时杏蕊红。

七绝·数九天

三更耳畔北风狂，千里冰封裹素装。
踏雪寻梅花淡艳，凌霜绽放漫清香。

七绝·雪花

俯瞰人间冷蕊开，素心一动下瑶台。
长空舒袖随风舞，轻点梅香入梦来。

七绝·咏雪

一

玉龙翻卷驭长风，银凤飘飞舞太空。
大地润滋浮瑞气，吟诗作赋颂年丰。

二

缥缈轻盈舞霭空，琼楼玉殿胜瑶宫。
精灵拥簇梅枝上，温润花苞色更红。

七律·大雪时令

斗转星移又一年，琼花飘洒舞高天。
萧萧万木迎风动，漠漠千山绕雾缠。
卧雪麦苗含露秀，临寒梅蕊傲霜妍。
饮茶聚友吟新曲，对酒开怀赋雅篇。

七律·冬日夜吟

灯光柔美喜吟诗，玄月弯弯笑我痴。
唐宋风流舒雅韵，古今经史耀华熙。
读书得句心中乐，把酒开怀醉里词。
傲雪青松萦远梦，拈须老叟唱梅枝。

七律·冬至感怀（新韵）

疫情阻碍闭门孤，唯有读书惬意舒。
掌上一杯温酒暖，空中数朵雪花浮。
三冬岁晚惊魂梦，近日春临入画图。
祈盼大家康健好，新年聚友笑如初。

写于 2022 年冬至

七律·寒露感怀

淡淡金英漫野香，萧萧落木诉风凉。
岸边醉赏芦花白，陌上聊观草色黄。
老叟豪情吟雅句，夕阳美景赋诗章。
天高气爽山河秀，璀璨清秋韵味长。

七律·立冬感赋

柿子枝头纳暖阳，菊花篱下吐清香。
飘飘白苇轻盈舞，片片红枫火艳妆。
古渡冬临风瑟瑟，石桥秋尽水茫茫。
且欣晚岁凡心稳，何惧桑榆两鬓霜。

七律·立冬感怀

窗前红柿映朝阳，摇曳枝头雀鸟尝。
片片琼楼连碧落，蓬蓬银杏换金妆。
出门小径菊花秀，举目高天雁字长。
四季轮回弹指过，衰翁珍重度流光。

七律·小雪时节

红枫飘落日西斜，围坐炉前独品茶。
旷野风寒侵草木，高天鸿雁入云霞。
心随小雪悠悠过，眼见新霜隐隐加。
感慨光阴流似水，唯将诗句润苍华。

七律·雪花（新韵）

娟娟飘舞下凡来，细软轻盈遍野开。
自乐追云观素锦，相随落叶秀柔白。
茫茫天地如仙境，漫漫山河似玉台。
浅晕夕阳林寂寂，淡红光里醉皑皑。

五绝·冬雪

漫天扬碎玉，轻洒落无声。
原野寒鸦跃，银花满树荣。

五绝·冬至

夜瘦一丝少，天长一缕多。

梅花争妩媚，银粟舞婆娑。

五绝·冬至吟（新韵）

冬至雪霜催，寒风落日晖。

门前香彻骨，庭院一红梅。

五绝·小雪

精灵到我家，悄悄洒琼花。

篱菊含烟笑，庭槐拥白纱。

五绝·雪吟（新韵）

玉蕊落瑶台，轻盈没入怀。

似花还似梦，飘去又飘来。

五绝·盼雪（通韵）

清辉照小窗，灯影闪寒光。

腊月天无雪，枯林挂满霜。

五律·初冬（新韵）

忍看青黄瘦，难留菊俏容。

朔风吹冷雪，落日照寒松。

围火尝茶酽，聚桌品菜丰。

常聊春种事，朗笑话三农。

五律·大雪

寒宫洒玉纱，飘舞到天涯。

梦幻千姿秀，江山万树花。

声声鸣喜鹊，朵朵绽梅芽。

瑞气盈丰岁，琼颜醉晚霞。

五律·冬至（新韵）

寒风冽九垓，斜日落阳台。

灵鼠欢歌去，金牛阔步来。

脱贫圆凤梦，抗疫扫尘埃。

彩笔吟丰岁，华笺韵素怀。

写于 2020 年

山水寄怀

行香子·春游香山（新韵）（晁补之 体）

林翠云明，鸟语风清。桃花艳，碧草鲜萌，烟霞光润，趣味兴浓。喜赏春阳，吟春雨，沐春风。

人人欢乐，山山灵秀。醉心间，韵味天成。登高得句，揽胜抒情。看山如黛，花如海，客如龙。

七绝·百花山漫步

暮春信步访山家，袅袅炊烟伴晚霞。
静坐林间听鸟语，清风荡我一身花。

七绝·晨起闲吟

丝丝细雨浥清晨，鸣鸟繁枝未见身。
院外荷莲青绿色，窗前花艳满园春。

七绝·房山南窑村赏红叶

纵览山林锦绣中，霜枫似火映长空。
一条步道游龙舞，伴我诗心赏叶红。

七绝·河边

河岸红枫灿若霞，随风芦苇漫轻纱。
鱼儿追戏残荷底，荡起粼粼小水花。

七绝·河边剪影

堤岸芦丛挂满霜，运河宛转水流长。

柳丝依旧风姿舞，摇曳银条秀素装。

七绝·京郊小院（新韵）

小院浓浓笑语传，鸭鹅摆摆觅食欢。

园林瓜果枝头挂，五谷丰登庆瑞年。

七绝·京西百花山

信步从容傲暖阳，寻诗觅景赏芬芳。

浅吟未尽心中意，捧起飞花补一行。

七绝·京西农家

浓荫小院隐林间，耕种农夫落日还。

归牧羊群争入圈，炊烟袅袅舞青山。

七绝·路过延庆莲花山

车行绿水绕山巅，乍雨还晴起雾烟。

曲道葱茏飞速过，眼前又现粉红莲。

七绝·秋游通州绿心公园（新韵）

绿心漫步赏斑斓，陶醉菊花碧水间。

今日双眸观美景，收藏秋色韵诗篇。

七绝·游通州运河

国庆中秋喜聚圆，我携老伴去乘船。
运河波荡芦花白，两岸斑斓一水天。

七绝·运河春晓

雨后桃花秀美姿，河边嫩绿柳飞丝。
当头喜鹊喳喳叫，满目清新入我诗。

七绝·春游通州运河森林公园（新韵）

春到人间秀色浓，虹桥水榭浴东风。
漫游曲径花香诱，妙句飘来涌笔锋。

七绝·京西春日游

山花绽放笑迎宾，日暖风和景色新。
林密境幽闻鸟语，泉清韵雅易逢春。

七绝·京西山村

漫野桃红灿若霞，小桥流水几人家。
芳华少女石边憩，笑语欢歌细数花。

七绝·绿色通州

翩翩小燕舞长空，朵朵桃花笑暖风。
最是朝阳春雨后，满城人在绿荫中。

七绝·漫步通州运河绿心公园（新韵）

漫步河堤近水滨，赏春无处不消魂。

倚栏小憩桃花绽，采蜜飞蜂戏绕身。

七绝·通州运河森林公园

细雨濛濛润艳丛，岸边垂柳舞轻风。

画船飘荡歌声远，尽在烟波水墨中。

七绝·夏日游

京郊顾望满青纱，秀色相连百姓家。

阵阵蝉鸣传暑气，声声蛙唱赞桑麻。

七绝·夏夜漫步荷塘（新韵）

皓宇清风伴我行，荷花池畔闪流萤。

星光潋滟浮娇影，蛙鼓喧腾唱月明。

七绝·游北京通州运河湿地公园（新韵）

芦荡深深细雨寒，栈桥曲曲运河牵。

鸟鸣宛转群鱼跃，韵在苍茫碧水间。

七绝·运河之春（新韵）

运河四月展新荣，一派生机暖意浓。

岸柳随风鸳戏水，船帆逐浪鸟翔空。

七绝·张家湾公园（新韵）

漫步河堤绿水滨，赏春无处不消魂。
依石小憩桃花下，归路蜂蝶袅绕身。

七律·北海夏日游（新韵）

北海相邀笑语浓，蓝天白塔醉香风。
清波锦鲤悠悠漾，金碧飞龙栩栩生。
遥望青荷连水榭，欣看雨燕剪云空。
轻舟飘荡心舒畅，把酒欢歌唱晚晴。

七律·登泰山（新韵）

俯瞰群峰方为小，天门直上九霄重。
雾开潋滟东连海，霞散空濛北现龙。
万里河山收眼底，千秋浩气纳胸中。
历朝封禅凌云顶，泰岳独尊映日雄。

七律·古镇南窑村（新韵）

六百窑村岁月丰，长街窄巷古风浓。
廊廊错落门庭阔，铺铺相连宅第雄。
戏院堂空怀往事，嫁妆楼静梦娇荣。
众商轩外迎游客，老树石盘举玉盅。

七律·踏青（新韵）

谁唱枝头唤晓晨，清幽阡陌总消魂。
运河澄水浮光起，沃野禾苗嫩叶新。
欢舞黄莺穿翠柳，翻飞紫燕剪白云。
园中尽赏千花艳，老叟歌吟五彩春。

七律·泰山观日出

晨曦微露色朦胧，渐渐东方泛晕红。
忽见明霞浮雾海，顿时峰影立横空。
一轮朝彩天边跃，万道金光耀眼中。
远看山梁奔骏马，橘黄旭日照苍穹。

七律·游太行绝壁郭亮村

千里车程到太行，悬空挂壁美长廊。
红岩拱顶穿山越，曲道幽窗透日光。
一代愚公开富路，十三壮士永流芳。
谷深峭陡奇姿秀，崖上人家故事扬。

七律·运河咏月

明镜高悬眼底收，虹桥倒影画中游。
方疑清露添幽径，又见霜风惹独舟。
漫步抒怀吟雅句，举杯邀月寄乡愁。
可人秀色萦心景，巧绘河堤一片秋。

七律·赞通州新城（新韵）

运河千载水流长，燃塔无言底蕴藏。
八里古桥经战火，码头漕运历沧桑。
昔年陋室连荒径，今日高楼入画廊。
开拓新城齐努力，共书生态大文章。

七律·重阳游香山（新韵）

登高山顶爽风吹，老伴相携揽翠微。
共赏枫林听鸟语，同游菊海载香归。
心仪佳句歌丰岁，情寓新词恋晚晖。
放眼群峰无限美，仰观雁阵往南飞。

七律·春到运河

运河春水染霞红，燃塔浮云映碧空。
杏蕊争开时雨后，玉兰初绽小桥东。
幽幽笛曲吹新韵，脉脉琴音奏古风。
飘荡游船迎远客，欣然漫步画图中。

七律·登箭扣长城（新韵）

邀约朋友去长城，箭扣雄奇似满弓。
垛口张牙悬峭壁，碉楼昂首向苍穹。
攀崖残垒天梯峻，倚仗荒台古道横。
兴致勃勃登顶处，鹰飞倒仰看青龙。

七律·京郊踏春（新韵）

绚丽朝霞映碧霄，踏青信步到东郊。

柔柔小草摇纤手，缕缕垂杨舞细腰。

群鸟和鸣迎晓日，一河流水荡春潮。

眼前最是怡情处，麦浪随风涌绿涛。

七律·西海子公园赏荷

燃灯古塔映荷塘，锦鲤欢游任徜徉。

莲叶凌波舒绰约，藕花向日吐芬芳。

娟娟流水吟风月，袅袅娇姿绘彩章。

漫步悠闲多惬意，红霞一抹舞斜阳。

七律·游览北京环球影视城（新韵）

观览环球影视城，奇特造型势恢宏。

金刚雕像擎天柱，震虎山车舞巨龙。

五大景观迎远客，千般奇趣乐儿童。

夕阳西下烟花秀，璀璨灯光耀夜空。

踏莎行·游颐和园（晏殊 体）

花柳轻烟，楼台细雨，相携老伴欢欣旅。昆明湖上荡舟帆，长廊故事人人叙。

万寿山明，佛香阁古，石桥画舫怀幽处。清奇俊秀赛江南，流连忘返声声誉。

五绝·山野寻趣（新韵）

山野漫清芬，朝晨嫩笋寻。
轻风知我意，引路到竹林。

五绝·野味

山菌炖鸡锅，清香遍野坡。
客来风扫径，醉后韵诗歌。

五绝·运河春

云随碧水流，风拂柳丝柔。
鱼戏逐轻浪，清歌泛小舟。

五绝·河边剪影

微风抚碧波，珠露滚莲荷。
芦苇轻舟荡，鸣蛙柳岸歌。

五绝·春到运河（新韵）

和煦暖风拂，虹桥曙色舒。
人观堤柳秀，舟演上河图。

五绝·春游运河

欢游碧水间，桃润柳风闲。
笑赏群鸥鹭，乘船揽翠还。

五绝·平谷赏桃花（新韵）

漫野看新桃，霞英染碧霄。

心头燃似火，春色醉妖娆。

五律·漫步运河森林公园

河边常散步，每每忘家归。

观影怜黄蝶，闻香美紫薇。

莺啼枝上脆，鱼跃水中肥。

踏露心堪醉，风柔染布衣。

五律·秋日漫步（新韵）

河畔爽风凉，浮云倒影长。

两行鸿雁过，一曲玉笛扬。

白发怀幽梦，清心蕴雅章。

茂林观鸟影，夕照染枝黄。

五律·重阳游运河

幽幽曲径中，款款沐金风。

燃塔披青瓦，虹桥映紫穹。

一河芦荡白，几处叶飞红。

老骥怀清梦，归鸿向远空。

五绝·运河小景

熏风梳绿树，斜日弄清流。

笑看谁为伴，鸳鸯戏水游。

五律·京郊漫步（新韵）

鹊声催早起，信步访京郊。

芳草含晨露，柔风荡柳条。

鸳鸯浮绿水，雾霭笼虹桥。

最是怡情处，麦田涌碧涛。

五律·京西山村

四野百花鲜，斜阳舞暮烟。

林中观宿鸟，谷底赏流泉。

风润松涛雅，山柔落日圆。

卧床听夜雨，梦里欲成仙。

五律·踏春（新韵）

曦光冉冉生，河畔影朦胧。

岸柳缠绵绿，桃花烂漫红。

杜鹃歌碧野，紫燕舞云空。

心奏春风曲，诗藏幼蕾中。

鹧鸪天·家乡新貌（晏几道 体）

阵阵清风百卉香，潺潺绿水绕新庄。

村连大道家联网，气供新厨电接房。

耕田地，满粮仓，勤劳致富笑声扬。

贫穷昔日居茅屋，美满今朝住锦堂。

鹧鸪天·雨后荷花（晏几道 体）

雨霁云霞弄晚晴，娇荷出浴浪波平。

青蛙叶下悠悠乐，鸳鸟花间款款情。

含碧露，润红英，尖尖角上立蜻蜓。

一池胜景游人醉，几缕云烟水墨屏。

心香一瓣

2022 年 8 月建军节 95 周年

七绝·贺隆重举行八一勋章授奖仪式

国歌高奏战旗扬，威武官兵气势昂。

统帅授勋荣誉重，英雄事迹永流芳。

写于 2022 年 7 月 28 日

七绝·梦中惊闻军号声（新韵）

月朗风清夜已深，号音惊醒梦中人。

征衣虽褪军魂在，不舍当年赤子心。

五律·忆滇西戍边（新韵）

高黎贡美山，中缅紧相连。

江水千条秀，丛林一色天。

追囚攀雪顶，巡界守碑前。

横扫毒枭日，安疆九域繁。

七律·西藏边防从军歌

甘赴高原志气雄，相随鼓角挽雕弓。

群山焉挡东流水，小雀当知北去鸿。

夏冷巡逻迎雪雨，冬寒习武伴狂风。

边防飘荡旌旗猎，热血丹心为国忠。

七绝·八一建军节偶思

双鬓犹存雪域霜，梦中又着绿军装。

何妨老骥夕阳晚，奋力讴歌赞国强。

七律·八一回望军旅生涯（新韵）

军旅生涯忆此身，钢枪相伴是知音。

征衣应自熔炉炼，远志不曾利禄侵。

难忘初心增傲骨，常思往事抖精神。

归田握起抒怀笔，伏案高歌盛世文。

七律·八一视频会战友（新韵）

打开微信满心欢，屏幕聊天辨认全。

语透深情如往日，眼藏坚毅似当年。

笑谈武场同拼斗，感慨军营共苦甜。

世界风云多变幻，相约再去守边关。

七律·忆西藏错那戍边（新韵）

错那营盘不见春，终年积雪映白云。

挥戈边塞高歌奏，策马冰山热血巡。

每忆韶华多感慨，常怀往事抖精神。

军旗猎猎朝阳色，老叟依然赤子心。

七律·军旅感赋（新韵）

金戈铁马梦中萦，耳畔常闻号角鸣。

网络协同施战略，地空联手展威风。

须凭重器强军胜，犹仗高科将士雄。

警惕周边狼蠢动，民安国泰有精兵。

卜算子·七夕望星空（苏轼 体）

尘世笑声澜，天阙星光灿。浩渺银河横太空，两界情难断。

思念苦无边，泪涌相思远。鹊架星桥续凤缘，一解心中愿。

采桑子·春日感吟（和凝 体）

人间四月花争艳，翠柳如烟。沃野青田，万里香风百鸟翩。

太平盛世心舒畅，安享悠闲。雅颂清欢，无限春光在眼前。

浣溪沙·读书感吟（韩偓 体）

小雨初停夜更幽。桌前灯火照窗柔。书香瑞气解烦忧。

自有诗词吟岁月，且将笔墨韵风流。春光无限在心头。

浣溪沙·七夕（韩偓 体）

河汉分离别苦情，鹊桥相会每年听。牛郎织女凤鸾鸣。

天上相牵横瀚海，人间爱侣胜松青。红尘滚滚践山盟。

江城子·清明祭（苏轼 体）

霏霏细雨浸身凉。祭爹娘，泪沾裳。梨瓣飘飞，思念寄悲伤。长跪双亲情难尽。斟祭酒，献花香。

三更幽梦进中堂，母慈祥，父安康。惊醒思量，相阻在阴阳。总把德恩教子女，当敬孝，刻心房。

临江仙·随吟（徐昌图 体）

筝曲清音流韵，雨声滴响悠闲。灯前书案展舒颜。赋诗歌梦远，把酒亦心宽。

祈盼亲朋相聚，更期战友言欢。清零之日去游山。新冠逐一扫，龙剑已高悬。

写于 2022 年 6 月

临江仙·赞老伴（新韵）（徐昌图 体）

客室香飘茶酽，厨房味美鲜羹。阳台几处小花萌。眼前身影舞，鬓里雪霜生。

岁月不甘虚度，日常努力学筝。斐然成绩奖杯荣。聆听神气爽，夸赞笑声萦。

七绝·步韵陈毅元帅

《车过兴国老营盘》（新韵）
回忆当年血海翻，硝烟弥漫老营盘。
先贤革命千秋颂，胜利旌旗总浩然。

七绝·慈母吟（新韵）

每吟寸草报春晖，常忆儿时忘却归。
犹记贪玩何坝下，娘亲寻找到天黑。

七绝·儿时采桑葚（新韵）

放牛来到小山坡，桑葚颗颗果肉多。
高树攀爬心里乐，清甜满口唱欢歌。

七绝·高原戍边情（新韵）

难忘边关景色奇，峰高天近日头低。
巡逻踏雪云为伍，时有冰花缀战衣。

七绝·护士节感怀

近日心中感慨多，常思天使斗狂魔。
舍身抗疫奔前线，赢得人民唱赞歌。

七绝·娘亲为我做鞋垫

昏暗灯光密密针，思儿边塞路艰辛。
心间期盼前行稳，应做擎天立地人。

七绝·爬树记（新韵）

夏日炎炎暑气蒸，与哥爬树去吹风。
悠然躺在高枝上，吓的爹娘急唤声。

七绝·十三陵樱桃园采摘记（新韵）

一（新韵）

雨霁清晨到果园，樱桃含露秀娇颜。

你摘我盛欢声笑，珠玉颗颗入小篮。

二（新韵）

来到园林乐满怀，樱桃迎面秀红腮。

急忙站在鲜枝下，抬手徘徊不忍摘。

七绝·温馨剪影（新韵）

电脑桌前倩影辛，轻敲妆点小诗文。

我端茶水殷勤送，她指银屏笑语亲。

七绝·下元节思母（新韵）

跪乳羔羊孝母恩，我拿何物慰慈亲。

追思欲赋诗一首，写到苍颜泪满襟。

七绝·相册（新韵）

旧照戎装忆往年，常怀战友泪心酸。

守防边塞无言悔，热血青春不复还。

七绝·想念战友

一声问候暖柔肠，往事萦回到界疆。

靶场争锋多少事，如今安好慰心房。

七绝·学诗有感

平台诗友感情真，妙想奇思立意新。
落笔惊人多气势，放怀歌唱语通神。

七绝·夜读（新韵）

手捧诗词兴味浓，浑然不觉诵出声。
忽闻耳畔一声问，汝欲疯癫到几更？

七绝·忆恩师（新韵）

教师节日倍思亲，笑貌音容驻我心。
话语常常萦耳畔，终生受益励精神。

七绝·忆童年（新韵）

荷叶青青满眼新，手拿纱网四方寻。
抓鱼逮蟹追飞鸟，一脚湿泥带进门。

七绝·赞快递员

憨厚虔诚笑脸张，浑身汗水步匆忙。
一家一户殷勤至，沐浴晨曦送夕阳。

七绝·赞农人

早浴曦光晚伴霞，身心经岁系桑麻。
时将汗水描春色，意在秋畴放丽华。

七绝·赞清洁工（新韵）

手挥笤帚伴晨星，酷暑严冬扫不停。
大道洁新迎旭日，如潮人海浴清风。

七绝·采棉女（新韵）

灵活双手舞田间，朵朵白云入翠蓝。
一抹余晖随汗落，红腮艳过晚霞天。

七绝·缅怀毛主席

怀念毛公泪水长，每逢祭日痛悲伤。
丰功伟绩铭心记，遥寄吟诗赋几行。

七绝·七夕

年年七月盼佳期，岁岁情思写入诗。
河汉横空诚可渡，鹊桥牵手紧依随。

七绝·七夕随感

织女牛郎故事延，感天动地几千年。
如今北斗银屏会，跨越时空续爱缘。

七绝·七夕吟（新韵）

穿云霁月正东升，织女牛郎盼适逢。
遥望双星心涌动，一腔思念寄秋风。

七绝·清明（新韵）

梨花飘落上茔坟，杜宇声声欲断魂。
一土阴阳成两世，三杯祭酒念亲人。

七绝·清明瞻仰红军烈士墓（新韵）

壮士挥戈去未还，长留浩气满人间。
芳名百世垂青史，功绩千年育后贤。

七绝·清明瞻仰左权将军墓（新韵）

智勇将军去未还，驱倭战场斗敌坚。
芳名百世垂青史，功绩千年育后贤。

七绝·清夜

东风吹拂静无尘，浩瀚星空满月新。
回首三年驱雾日，乾坤朗朗喜迎春。

七绝·抒怀

喜逢盛世少忧愁，韵海吟山老未休。
过隙驹光霜染鬓，小诗偶作乐悠悠。

七绝·思母

娘亲送我赴边疆，挥手村头最挂肠。
嘱咐常萦魂梦里，悄然热泪湿衣裳。

七绝·孙儿的魔杖（新韵）

粉脸嘟嘟兴致昂，手挥魔杖舞风狂。

高声呼叫哪儿跑，抓住爷爷喊受降。

七绝·孙儿小区广场骑车（新韵）

双脚一登似箭飞，随风远去紧忙追。

小车好似生双翼，嬉笑调皮小手挥。

七绝·雅咏姓名诗

郑翁拙笔总迟来，相问高师一笑开。

豪放情怀吟雅句，热心小试上骚台。

注："高师"高庆森老师。

七绝·樱花相约

樱花盛放舞朝阳，武汉相邀赏艳芳。

难忘鼠年齐抗疫，同生共死友情长。

写于 2021 年 3 月

七绝·咏毛主席（新韵）

叱咤风云盖世雄，江山指点意从容。

只为百姓谋福祉，华夏繁昌映日红。

七绝·元宵团聚（新韵）

芦月轩中热气腾，亲人欢聚笑声浓。

围炉沸煮汤锅暖，美味鲜香醉酒中。

写于 2023 年元宵节

七绝·元夜

圆月清晖照世尘，抒情吟唱小诗新。

元宵甜糯舒心美，围坐家人暖似春。

七绝·运河守护女工（新韵）

风梳杨柳草芳茵，日照长河碧水粼。

一叶小舟飞俏语，娇娥持网舞花裙。

七绝·赞车站交警（新韵）

目光锐利四方观，人海识别不一般。

捕虎擒狼拼热血，神州万路保平安。

七绝·赞环卫工（新韵）

手挥笤帚伴晨星，酷暑严冬扫不停。

大道洁新迎旭日，如潮人海浴清风。

七绝·赞交警（新韵）

置身车海正当中，辛苦赢来路畅通。

满面灰尘和汗水，送迎春夏与秋冬。

七绝·赞人民警察（新韵）

夺目国徽壮警道，红蓝灯闪历春秋。

奔忙总为人民事，常在激流驭渡舟。

七绝·赞小区清洁工（新韵）

轻轻刷洗电梯间，细细擦拂过道栏。

纵使浑身尘土染，换来万户共清欢。

七绝·致敬抗疫白衣天使

白衣天使步铿锵，检测轮番分外忙。

无悔青春倾大爱，围歼冠疫志坚强。

写于 2022 年 5 月 12 日

七绝·中元节思母（新韵）

中元明月照初寒，思念亲人到祭坛。

少小与娘来跪拜，今时为母送冥钱。

七律·老兵抒怀

青春岁月几峥嵘，梦里常萦号角声。
一曲战歌扬壮志，三更驰骋马嘶鸣。
高原比武漫天雪，边塞巡逻旭日迎。
曾为人生磨利剑，吟诗作赋步新程。

七律·母亲节有感（新韵）

此生未报是娘亲，大爱情怀似海深。
育子熬白双鬓发，持家操碎一颗心。
羊羔跪乳犹知义，反哺乌鸦亦懂恩。
千里戍边难尽孝，今生遗憾悔终身。

七律·"三八妇女节"有感（新韵）

春回大地燕衔泥，烟柳朦胧醉目迷。
古有桂英擂战鼓，今朝余旭裹征衣。
戍边将士无牵挂，家里高堂自靠妻。
女子平生多奉献，心存仁爱品纯熙。

七律·三八节偶书（新韵）

并蒂花开不可分，相濡以沫永同心。
清晨欢笑迎朝日，薄暮从容看晚林。
我写春风她朗诵，她弹流水我聆音。
千辛万苦终无悔，安度桑榆贵似金。

七律·思母（新韵）

寒来暑往四时艰，起早摸黑六秩年。
敬老育儿多苦累，穿针引线久难眠。
田畴锄草身身汗，炉灶操厨袅袅烟。
未报母恩遗恨绕，空流悲泪润襟前。

七律·岁暮感怀

红叶黄花又一年，苍颜白发梦难眠。
常思西藏千峰峻，每念云南万水涓。
欣取寒梅吟雅意，醉拈拙笔赋情牵。
今逢盛世民安泰，享受悠闲绽笑妍。

七律·学诗有感（新韵）

半生戎马少偷闲，花甲学诗奋箸鞭。
岁月有痕天地阔，沧桑无语路途艰。
心怀民众萦新句，情寄河山润彩笺。
平仄推敲添雅趣，填词吟咏助清欢。

七律·夜影（新韵）

窗前身影自沉吟，寂静学堂夜已深。
历历粉墙留气韵，融融灯火长精神。
解题备课倾情愿，批改评分寄语亲。
待到晨钟迎旭日，百花院内笑声频。

七律·韵诗之乐（新韵）

解甲归来未自闲，遨游书海叩文坛。
当年策马挥一剑，今日题诗诵几篇。
格律勤学读五百，推敲苦练路八千。
吟哦平仄心舒畅，健脑强身乐已然。

七律·瞻仰晋冀鲁豫烈士陵园（新韵）

清明又到众民来，纪念堂前泪满腮。
每忆墓头砖瓦痛，长瞻碑石刻文哀。
左权战将名千古，抗日功臣业九垓。
铭记英雄烽火事，讴歌先辈志盈怀。

七律·重读毛泽东诗词（新韵）

细读慢品荡思情，悱恻难眠到五更。
千嶂霹雷奔战马，九州烽火举旗旌。
奇才磊落诗书雅，傲骨峥嵘鼓角声。
地覆天翻描美景，复兴华夏耀明灯。

七律·悼念济南英雄山烈士（新韵）

苍松翠柏隐青山，日沐群雕泛紫烟。
一座丰碑峰顶立，千名先烈岭坡眠。
清明祭拜悲肠断，哀乐低回热泪涟。
承继先贤革命志，誓言声浪震云天。

七律·读书感怀

戍边雪域不苍凉，幸有图书伴艳阳。

名著篇篇藏剑气，好诗句句似琼浆。

何堪塞外巡逻苦，安得灯前阅读香。

莫道当今霜满鬓，遨游学海志昂扬。

七律·父亲节忆父

远望烟云卷夕辉，缅怀往事恸心扉。

朝奔田垄犁禾黍，暮沐星光织竹围。

父爱从来深似海，慈恩自古暖如晖。

谆谆话语铭心记，教我人生辨是非。

七律·怀念父亲

阴阳四秩两茫茫，慈父音容绕耳旁。

一世辛劳尝苦涩，几番磨难历沧桑。

墓前肃肃千行泪，月下凄凄九转肠。

告慰亲人今昔比，家乡巨变步康庄。

七律·祭先烈

又到清明雾雨沉，缅怀先烈墓园临。

魂归大地千秋仰，名在人间万代钦。

德泽中华兴伟业，功凝盛世慰胸襟。

英灵青冢高风炽，激励儿孙报国心。

七律·解放军抗洪会战郑州（新韵）

疾风雷电汇洪流，劲旅集结聚郑州。

赤脚飞奔腾热血，挺胸抢险解忧愁。

红星闪闪身如铁，傲骨铮铮背作舟。

携手军民齐奋战，倾情迷彩写春秋。

七律·警察正气歌（通韵）

岁月征途彰浩气，搏风斗雨铸英雄。

天南地北张罗网，春夏秋冬挽劲弓。

除恶必求妖孽尽，爱国当有赤心衷。

履职奉献从无悔，服务人民为大同。

七律·暮年感怀

天边日落晚霞柔，白发如霜岁月悠。

偶奏乐音歌烂漫，时吟诗句颂清流。

夫妻恩爱多欢笑，儿女平安少挂愁。

感慨一生追绮梦，暮年幸福度春秋。

七律·听筝（新韵）

老伴轻盈抚锦筝，纤柔指叩奏仙声。

渔舟唱晚歌新梦，夜雨思乡忆凤情。

婉转犹如梁燕语，缠绵若似早春风。

空灵飘逸心舒畅，宁静祥和耳畔萦。

七律·庆阴法唐老首长百岁生日（新韵）

高耸泰山一劲松，峥嵘岁月任从容。

八年抗日尤谋勇，三载歼贼是俊雄。

西藏振兴描锦绣，中印自卫铸奇功。

终生奉献无言悔，两袖清风百姓崇。

注：阴法唐是1938年参加革命的老党员老军人，在抗日战争、解放战争和中印自卫反击战中屡立战功。他两次进藏，曾任西藏自治区党委第一书记，我曾任他的秘书。他还兼成都军区副政委和西藏军区第一政委、第一书记，第二炮兵副政委，中将军衔。

七律·忆母亲（新韵）

眼前浮现老娘亲，话语温柔暖我心。

灯下锥针缝日月，厨间烟火煮冬春。

几层手茧勤禾黍，一世艰辛育子孙。

笑貌音容常入梦，恩如山岳重千钧。

七律·永远的景仰（新韵）

壮志凌云傲碧穹，文韬武略数毛公。

弘扬马列怀天下，鼓舞人民向大同。

治世安邦辉史册，吟诗作赋耀珠峰。

巍巍功绩千秋颂，赫赫威名万代崇。

七律·赞交通警察

迎面寒风透骨凉，挺胸站立满身霜。

车流滚滚穿梭过，尘土蒙蒙卷地扬。

常助司乘彰赤胆，时扶老幼见衷肠。

倾情大爱羞言苦，保障安全巧护航。

七律·赞北京石榴诗社两才女（新韵）

石榴诗社俩枝花，宋唱唐吟放彩霞。

丽句幽香香骨醉，高情雅韵韵辞华。

淑玲词海编刊美，瞭望书元组稿佳。

妙笔犹如清照秀，骚坛熠熠绽奇葩。

注：赵书元、赵淑玲是北京石榴诗社的成员。

七律·赞军中牡丹（新韵）

秀发齐留到耳边，身穿迷彩更娇颜。

青春明丽真豪气，飒爽威风好壮观。

军号声声传大地，战歌阵阵贯长天。

金戈铁马逐香梦，万绿丛中绽牡丹。

七律·中元节思亲（新韵）

节至中元泪水涟，魂牵梦绕夜难眠。

慈和话语长追忆，辛苦忙身近眼前。

祭拜声声酬父母，焚香袅袅慰心间。

告知泉下家乡变，高铁虹桥四海连。

五绝·归

清晨春雨后，紫燕远来时。

展翅双飞舞，营巢系念伊。

七律·中元节遐思（新韵）

静立窗前泪满襟，天悬寒月悯凡尘。

熟知慈父耕耘迅，难忘娘亲纺线勤。

思念故人心黯黯，感伤家事意沉沉。

阴阳两世常相忆，寒暑时分缅想深。

七律·追思邓小岚老师（新韵）

阜平大地恸悲辛，父老乡亲感厚恩。

义务教学十几载，深情培育数千人。

山娃歌唱追清梦，冬奥欢声震宇坤。

甘为春蚕丝吐尽，心音天籁永芳芬。

七律·追思袁隆平院士（新韵）

少小饥荒记忆惆，平生立愿为民谋。

禾田行走情无尽，稻陇杂交志不休。

耿耿赤心播绿浪，殷殷热血效黄牛。

九泉瞑目欣圆梦，高耸丰碑百姓讴。

写于 2022 年

七律·追思杂交水稻之父袁隆平（新韵）

惊闻噩耗陨高贤，哀悼国民泣泪涟。

奉献科学结硕果，创收亩产上峰巅。

鸿鹄之志怀天下，泽惠盟邦赖铁肩。

追梦一生随鹤驾，功德无量耀人间。

写于 2021 年 5 月

五绝·山村（新韵）

雪霁北风萧，山川尽素描。

新村原野静，庭院小孙淘。

五绝·思

往事如春梦，孤怀放酒狂。

琴弹思念意，笔写话温凉。

五绝·吟

一

窗前飘小雪，户外化埃尘。

到处春风吼，先声已夺人。

二

窗外飘飞雪，寒梅隔世尘。

风声闻虎啸，落日少行人。

五绝·夜巡警（新韵）

更深人影少，街静路灯寒。

巡视西风斗，朝霞沐浴还。

五绝·忆母亲

窗外北风狂，灯前白发娘。

缝衣天色晓，夜短爱心长。

五绝·中元节思母（新韵）

慈母逝多年，哀思热泪涟。

阴阳隔两界，幸有梦相牵。

五律·回乡探亲（新韵）

十八戍塞疆，七载始回乡。

别梦山川远，归心道路长。

小村刚入目，热泪已沾裳。

不等推门进，高声喊老娘。

五律·清明观合肥渡江战役纪念馆（新韵）

肃穆入东门，来寻战役痕。

舟船迎炮火，将士铸功勋。

渡水惊敌鬼，冲涛傲骨魂。

高碑铭后世，英烈耀乾坤。

五律·夜巡警（新韵）

闪烁警红蓝，巡逻守众安。

威严奸恶怯，和蔼妇孺欢。

铁骨风疏暖，钢枪月照寒。

四围烟火淡，始觉夜将阑。

长相思·学雷锋（新韵）（白居易 体）

学雷锋，颂雷锋。服务人民贯始终，一心为大公。

赞新风，树新风。敬业图强勤奋荣，比拼争俊雄。

鹧鸪天·迎春（晏几道 体）

翘首迎春绽满枝，随风烟柳醉相思。

欢声锣鼓笙歌酒，喜气楹联锦绣旗。

辞旧岁，感今时。举杯团聚惜分离。

光阴易逝长相伴，阅尽红尘只为伊。

鹧鸪天·大力弘扬女排精神（晏几道 体）

十度荣膺载誉归，九州欢庆赞歌飞。

赛场尽显英雄气，汗水凝成世界杯。

心报国，势扬眉，中华儿女战群魁。

女排风骨惊寰宇，王者精神永耀晖。

鹧鸪天·中元忆父（晏几道 体）

叶落纷纷又一秋，凄风苦雨注心头。

怀中印迹风尘满，眼底音容善念稠。

亲不待，泪长流，坟前长跪寄思愁。

更将杯酒深情酹，化作诗笺夙愿留。

纪事感怀

"七一勋章"获得者、先进劳动模范

七绝·赞"七一勋章"获得者渡江功臣马毛姐（新韵）

贫穷少女敢冲锋，勇送歼敌子弟兵。

三次渡江穿弹雨，一身铁骨筑长城。

七绝·赞"七一勋章"获得者青海"马背院士"吴天一（新韵）

高原五秩立深根，藏汉人民保护神。

马背"曼巴"甘奉献，仁心大爱耀昆仑。

"曼巴"：藏语好医生。

七绝·赞"七一勋章"获得者华菱湘钢焊工艾爱国（新韵）

终生爱岗世人尊，忘我拼搏报党恩。

绝技一身甘奉献，大国工匠耀乾坤。

七绝·悼念"中国肝胆外科之父"吴孟超院士（新韵）

外科神手铸奇精，肝胆春秋任纵横。

医者仁心传世代，鞠躬尽瘁璨行星。

七律·两弹一星功勋钱学森（新韵）

华夏精英傲世人，德才兼备是学森。

眼前名利从容淡，心在家邦主义真。

五载三寻归故里，一星两弹看新云。

扬威重器国安泰，高耸丰碑耀宇坤。

七律·颂"七一勋章"获得者治沙模范石光银（新韵）

拔掉穷根敢问天，为官责任勇冲前。

铁锨巧构光明日，汗水浇出锦绣园。

沙障防风花吐艳，樟松带露鸟鸣欢。

雄心四秩千秋业，图治荒原动地篇。

七律·赞"七一勋章"获得者省民政厅长李宏塔（新韵）

红色基因励自身，初衷长守最堪尊。

常怀百姓终生念，不负江山举世心。

荣誉面前思道义，光环背后鉴精神。

复兴伟业新征迈，幸有中华筑梦人。

注：李宏塔是李大钊之孙。

七律·赞"七一勋章"获得者张桂梅老师（新韵）

慈眉善目壮怀胸，勤奋耕耘步履匆。

点亮大山孤女梦，燃烧自我万花红。

衷情缕缕丹心语，信念绵绵赤子声。

倾尽余生甘奉献，柔肠铮骨立高峰。

注：张桂梅创建丽江华坪免费女子高中。

浣溪沙·赞扶贫楷模毛相林（韩偓 体）

绝壁炮声震四方，一条天路越山梁，通途大道促农桑。

铲掉穷根耕绿野，拓宽富路醉山乡，村民从此步康庄。

临江仙·赞脱贫攻坚十佳黄文秀（徐昌图 体）

扶困新星逐梦，攻坚重任担当。青春无悔志昂扬。一心为父老，极力助贫乡。

架电修桥铺路，挨家串户相帮。不辞辛苦为民忙。丹心扬锐气，热血永流芳。

2020 年抗美援朝七十周年

七绝·抗美援朝七十周年缅怀黄继光

英雄壮举绝无伦，胸堵枪膛勇献身。
生死已为民所系，精神不朽万年春。

七绝·三八线拉锯战剪影（新韵）

夜袭敌阵云遮月，昼宿山林雪漫天。
一片杀声敌胆破，几番鏖战凯歌旋。

七绝·抗美援朝战争中的彭帅

一（新韵）

立马横刀战火前，指挥若定重击拳。
雄风威震三八线，打败强敌展笑颜。

二（新韵）

神兵天降势凌云，魔鬼闻风丧胆魂。
炒面步枪能取胜，凯旋莫忘大将军。

七绝·鸭绿江畔追思三首

一

鸭绿波涛滚滚流，江心桥断刻前仇。

舍生赴死人民敬，英烈丰功万代讴。

二（新韵）

眺望邻国变化中，霞光绚烂彩云浓。

富饶疆土旌旗灿，十万英灵血染红。

三（新韵）

美帝猖狂踏友邦，雄师英勇跨鸭江。

中朝儿女同仇忾，歼灭群魔正义张。

写于 2020 年 8 月 13 日

七律·抗美援朝感赋（新韵）

进军鸭绿大江东，七秩常怀战火红。

跃马援朝驱恶鬼，挥戈抗美灭顽凶。

硝烟鼓角惊尘世，热血旌旗贯宇穹。

正义中华功绩铸，两国友谊万年浓。

七律·赞抗美援朝老英雄孙景坤（新韵）

抗美援朝砺剑锋，枪林弹雨自从容。

连天烽火为邻战，震地杀声忘我冲。

屡获奖章藏柜底，常思战友在心中。

归田卸甲拼实干，致富脱贫赞誉浓。

七律·弘扬伟大的抗美援朝精神（新韵）

精神抖擞跨鸭江，抗美援朝斗志昂。

忘我拼杀擒悍将，为国赴死灭凶狼。

八方迎战千回勇，四面伏击百次强。

正义之师惊世界，丹心碧血铸辉煌。

浣溪沙·抗美援朝七十周年兼怀黄继光（新韵）（韩偓 体）

战火燃烧危友邦，岂由美帝任猖狂。雄师威武跨鸭江。

勇士身扑枪炮口，忠魂惊鬼耀华光。英名万古永流芳。

长相思·吊英灵（白居易 体）

鸭江边，异域边。先烈丰碑耸碧天，光辉七十年。

扫狼烟，灭硝烟。搏雪驱风常少眠，中华正义宣。

写于 2020 年

2021 年中印边境喀喇昆仑边防英雄

七绝·惊闻中印边境四位指战员英勇殉国吟

昆仑将士守边陲，踏破冰峰捍界碑。

奉献青春扬浩气，英雄千古耀光辉。

七绝·痛悼中印边界戍边烈士

皑皑白雪祭忠魂，默默含悲敬国门。

碧血黄花开不尽，英雄豪气铸昆仑。

七绝·向中印边防的英雄致敬（新韵）

中印边防亮剑锋，歼敌守土铸丰功。

英雄甘洒青春血，民众尊崇赞语浓。

七绝·英雄屹立喀喇昆仑

一

天险昆仑驻柳营，英雄傲骨铁铮铮。

敌人胆敢来挑衅，守卫边防剑铸成。

二（新韵）

高寒缺氧守边关，寸土拼争献赤丹。

卧雪爬冰磨利剑，岂容侵略血偿还。

写于 2021 年 2 月

卜算子·石榴诗社团聚（苏轼 体）

又是一年春，榴树芽萌绿。且看骚坛惬意吟，恰似阳光浴。

团队聚群芳，诗友多清趣。携手讴歌韵律融，日日迎朝旭。

写于 2023 年 2 月

七律·缅怀喀喇昆仑边防英雄

清明泪洒望苍穹，喀喇昆仑悼杰雄。

勇退豺狼时进犯，必夸龙虎透威风。

边陲尚有赤心义，岁月长留铁骨忠。

仗剑精兵豪气在，中华百世国旗红。

写于 2023 年

卜算子·怀念周总理（新韵）（苏轼 体）

赤胆耀中华，勇毅长征路。大略雄才举世尊，北战南征度。

两袖满清风，德政无须数。甘化清灰洒海河，仰望高山矗。

浣溪沙·纪念毛泽东诞辰 127 周年（新韵）（韩偓 体）

举世无双势浩然。降龙伏虎奋着鞭。开国建业铸鸿篇。

拔地剑铓雄伟略，冲天鹏翅斗强权。神州大地仰高山。

写于 2020 年

浣溪沙·忆周公（韩偓 体）

怀念周公泪水涟。音容笑貌刻心田。伟人风采耀千年。

两袖清风垂典范，一生廉德做清官。和平倡议照人寰。

写于 2021 年 1 月 8 日

江城子·国家公祭有感（苏轼 体）

金陵惨案岂能忘。血成江，体横塘。卅万同胞，无罪惨遭殃。血雨腥风蒙耻辱，天悲恸，地悲沧。

如山铁证世昭彰。丧心狂，气嚣张。屡梦黄粱，拜鬼扩军忙。华夏军民齐备战，磨砺剑，斩豺狼。

写于 2021 年 12 月 13 日

浪淘沙·抗战胜利七十六周年感怀（新韵）（李煜 体）

炮火起卢沟，残月当头。豺狼凶狠掠神州。华夏军民挥利剑，威震全球。

血泪写春秋，铭记深仇。扩军拜鬼未曾休。警惕东瀛玩故伎，强我吴钩。

写于 2022 年

满江红·牢记"九·一八"（柳永 体）

回想当年，家园破，思来恨切。常忆起，柳条湖畔，杜鹃啼血。故土无端遭践踏，九州到处埋尸骨。举长缨，老幼斩豺狼，东瀛灭！

铭国耻，军旗猎。强兵戟，不停歇！看三军演练，势如钢铁。立体攻防巡领土，战鹰导弹横空越。捍中华、豪气震山河，雄心热！

七绝·"九一八"警钟常鸣

抗日联军愤怒呼，惊天唤醒万民苏。

同仇敌忾歼倭寇，犯我中华必讨诛。

七绝·"九·一八"有感

柳条湖上起风波，日寇无端动战戈。

侵略炮声虽渐远，还须警惕把刀磨。

七绝·《红叶》创刊三十三周年微刊两周年

一

诗坛开辟尽绸缪，宋唱唐吟咏不休。

三十三年歌盛世，漫山红叶舞潮头。

二（新韵）

文明雅句灿朝暾，微信平台聚慧根。

两载育苗茁壮长，丹霞红叶铸高尘。

写于 2020 年 7 月

七绝·草原雄风铁道兵

扬鞭策马起征时，腾跃嘶鸣猎锦旗。

驭电追风如利箭，无边绿野任奔驰。

七绝·大兴安岭铁道兵纪念碑（新韵）

高碑屹立向天撑，纪念英雄热泪盈。

回首千难昂首立，追思万里总平行。

写于 2020 年 11 月

七绝·端午悼屈原

屈公词赋谱华章，千古余音久绕梁。

不朽离骚扬正气，无穷天问永流芳。

七绝·端阳过汨罗

江中遥望屈公祠，忧国离骚世代思。

报效无门悲愤去，长留青史圣雄诗。

七绝·国家公祭日（新韵）

悲歌一曲恸金陵，华夏同胞共愤声。

维护和平思隐患，安邦重在固长城。

写于 2020 年 12 月

七绝·贺北京诗词学会成立三十五周年

花开四季竞芳妍，卅五春秋国粹传。

宋韵唐风歌盛世，昂然奋笔勇争先。

七绝·贺叶嘉莹获"感动中国 2020 年度人物"

中华诗苑闪金星，璀璨文坛艳视屏。

桃李栽培扬世界，薪传唐宋永长青。

七绝·红旗渠颂

群山峻岭赤旗扬，卅万人民战太行。

聚力十年牵碧水，通渠千里为家乡。

七绝·纪念毛泽东诞辰（新韵）

百年党庆忆毛公，一代天骄为世雄。

领导人民得解放，中华崛起立高峰。

写于 2021 年

七绝·祭南京大屠杀遗址有感（新韵）

遗址躬身祭怨魂，同胞卅万落劫尘。

国家贫弱遭屠戮，雪耻兴邦警世人。

写于 2020 年 12 月

七绝·军嫂情

哨所严寒守国疆，珠峰遥望远思长。

春风鸿雁传佳讯，万里征衣化雪霜。

写于 2021 年 10 月

七绝·牢记"九一八"国耻

柳条湖畔起狼烟，倭寇屠刀战火燃。

东北横尸仇刻骨，中华溅血恨冲天。

七绝·烈士纪念日

一

抚碑含泪祭忠魂，牢记先驱世感恩。

铁马金戈惊日月，英雄事迹耀乾坤。

二（新韵）

广场国歌荡碧云，碑前瞻仰祭忠魂。

英雄甘洒青春血，换取中华大地新。

写于 2022 年 9 月 30 日

七绝·那年九月九（新韵）

难忘当年噩耗真，全国悲痛泪湿巾。

英明领袖人民爱，伟业丰功刻世心。

七绝·农民丰收节（新韵）

叠翠流金景色妍，载歌载舞鼓锣喧。

飘香稻谷琼杯满，喜庆丰年笑语欢。

七绝·鄱阳湖地区抗洪有感

抗洪征战解民愁，将士临危驾护舟。

冒雨挺胸身铸坝，一腔热血写春秋。

写于 2020 年 7 月 13 日

七绝·庆祝《满庭芳苑》创刊 600 期

银屏点亮满庭芳，六百期刊古韵香。

携手诗坛追绮梦，讴歌盛世赞繁昌。

七绝·日本签订投降 75 周年

八年抗日保金瓯，全国皆兵党运筹。

鬼子投降摇白帜，中华何惧起风飚。

写于 2020 年 9 月 3 日

七绝·送别战友

万里高原守界碑，巡逻放哨雪霜随。

别离战友情难舍，一曲驼铃步履迟。

写于 2021 年 10 月

七绝·勿忘"九一八"（新韵）

今时已过九十年，八载军民抗战坚。

倭寇明天如敢犯，老兵也要奋扬鞭。

写于 2021 年

七绝·赞航展"鲲龙"水陆两用飞机（新韵）

惊喜军中重器添，鲲龙装备大声喧。

地空一体多功用，灭火消灾百姓欢。

七绝·赞航展歼 20 飞行员（新韵）

从容编队破云行，震撼欢呼热血腾。

操控战机精准稳，盘旋急转胜雄鹰。

七绝·赞航展无人机（新韵）

首发首秀亮双瞳，敌有吾优壮气雄。

空战又添一重器，高天劲舞贯长虹。

七绝·第九次迎接英雄回家（新韵）

国旗为盖礼宾隆，抗美援朝世代荣。

今日忠魂归故里，以诗遥祭赞英雄。

2022 年 9 月

七绝·贺女足亚洲杯夺冠（新韵）

女足健将展豪情，赛场顽强勇奋争。

无悔青春追远梦，亚洲夺冠享英名。

2022 年 2 月

七绝·记唐山打人事件（新韵）

新闻焦点话流连，愤怒凶徒罪恶干。

法网恢恢惩地痞，民心沸沸斥唐山。

七绝·愤唐山打人事件（新韵）

目无法纪太猖狂，殴打他人似虎狼。

民众呼声惩戾气，和谐公正是国纲。

写于 2022 年 6 月

七绝·雷锋精神永传承（新韵）

雷锋思想贯长虹，奉献无私见赤忠。

时代楷模彰异彩，江山德育万年红。

七绝·卢沟桥（新韵）

卢沟桥上月深沉，永定河涛壮士魂。

抗日硝烟犹在耳，振兴华夏志强军。

七绝·庆祝《我的卧虎湾》创刊七周年（新韵）

老兵相聚在诗坛，七载豪吟不胜欢。

寄意放怀歌晚岁，常萦清梦卧龙湾。

七绝·日寇投降有感（新韵）

迎来倭寇竖旗降，华夏欢腾喜若狂。

血染山河终做主，八年浴火为国强。

写于 2020 年

七绝·手机购物（新韵）

天真烂漫一萌娃，翻动银屏眼眨巴。

帮助爷爷来购物，选择玩具送回家。

七绝·王嘉男获世锦赛跳远金牌（新韵）

一跃夺金立顶峰，嘉男披上五星红。

腾飞八米三十六，华夏骄儿亮眼瞳。

七绝·勿忘卢沟（新韵）

卢沟永定卧虹桥，血雨腥风起浪涛。

尚有弹痕铭刻骨，难平仇恨满胸烧。

七绝·星条旗下祭亡魂

钟响哀鸣百万尸，孤儿无助九天悲。

霸权首创民难史，世界惊观降半旗。

写于 2022 年 5 月

七绝·赞四川泸定抗震英雄

地裂山摇祸难临，灾情牵挂万民心。

消防武警闻风动，抢险冲锋不顾身。

写于 2022 年 9 月

七律·"九一八"感赋

秋色无边警笛扬，回眸往事痛心肠。

神州碧血怒涛恨，日寇黄粱夜梦狂。

勾美反华修宪急，唆台谋独扩军忙。

不忘国耻钢枪握，锤炼精兵灭恶狼。

七律·《红叶》创刊三十三周年感赋

文坛旗帜美名扬，战友相逢聚满堂。

刊创西山歌梦想，花开红叶赞华章。

风烟翰墨豪情壮，戎马妍辞古韵香。

宽广胸襟承激励，欣然执笔写诗行。

写于 2020 年

七律·国家公祭南京大屠杀遇难同胞（新韵）

金陵惨案醒炎黄，凄恸钟声透冷霜。

犹记青山多傲骨，常怀碧血染刀枪。

世间贼盗欺凌弱，华夏人民奋自强。

维护和平磨利剑，高科引领捍国邦。

写于 2020 年 12 月 13 日

七律·牢记"九一八"国耻

柳条湖畔起狼烟，倭寇屠刀战火燃。

东北横尸仇刻骨，中华溅血恨冲天。

昔时恶鬼黄粱梦，今日骁龙赤子拳。

军国野心从未改，居安常备枕戈眠。

七律·国之祭（新韵）

凄凄冬日忆金陵，倭寇凶残戮众生。

血雨腥风时未远，家仇国恨梦常萦。

和平钟下思忧患，灾难墙前志复兴。

告慰英灵今盛世，中华崛起固长城。

写于 2021 年 12 月 13 日

七律·贺《红叶》微刊二百期（新韵）

柳营绽放一枝春，红叶骚坛愈可亲。

古韵银屏常靓眼，繁花辞海不输人。

千篇诗赋雄文秀，二百期刊盛世音。

更拓胸襟激励我，老兵奋笔颂时新。

写于 2022 年

七律·记庚子之夏抗洪抢险（新韵）

闻令出征又抗洪，裹雷冒雨步匆匆。

肩扛沙袋博急浪，脚踏河堤战暴风。

何从一心不后退？只为百姓向前冲。

中华自有长城在，歌唱英雄赞誉浓。

写于 2020 年 7 月 18 日

七律·汨罗怀古（新韵）

江畔徘徊觅楚魂，行吟屈子烙遗痕。
鲜花芳草香扑面，高冢崇祠气卷云。
字字离骚心底见，声声天问耳边闻。
悲歌一曲思词祖，感慨千秋看后人。

七律·庆祝北京诗词学会第六次代表大会召开（新韵）

初夏迎来百卉妍，诗词学会满堂欢。
开怀岁月弦中起，信手风云笔下喧。
雅律唐吟歌盛世，清音宋唱咏丰年。
文坛墨客抒宏志，再谱新章绘锦篇。

写于 2023 年 5 月

七律·岁杪偶感

新桃总把旧符更，载福金牛入户行。
高挂红灯流溢彩，频翻微信贺升平。
脱贫致富欢歌庆，抗疫降魔笑语盈。
寒退冰消春待动，东风吹拂物舒荣。

写于 2020 年 12 月 30 日

七律·通州建设者之歌

笑脸乡音质朴纯，钢筋泥土献青春。
贯连地铁迎鸿雪，疏浚河流伴凤晨。
街巷繁昌花竞秀，楼房高耸日争新。
尽情欣赏通州美，感激辛劳建设人。

七律·同舟共济打赢今冬硬仗（新韵）

惊闻冠疫又波澜，危害苍生众不安。

多处蔓延成隐患，几方聚力誓全歼。

专家挂帅精施治，天使争先勇向前。

守望同心终有日，抗魔必胜盼春还。

写于 2021 年 1 月 15 日

七律·写在国家公祭日

牢记东瀛恶满盈，心中难忍愤悲情。

年年公祭钟声响，日日倭兵戾气行。

修宪扩军机舰造，反华拉美国门横。

时常警惕豺狼在，看我神州众志城。

写于 2022 年 12 月 13 日

七律·新村景象（新韵）

村貌争相换彩妆，茅屋不见尽楼房。

便捷网络千家入，载重车流万户忙。

男子机耕织锦绣，巧姑飞线绣鸳鸯。

三农政策描新景，百姓欢欣步小康。

写于 2021 年

七律·重阳节

金风送爽流云舞，心有诗声自抑扬。
不见繁花争丽艳，却闻菊蕊竞幽香。
夕阳过雁情思远，枫叶经霜韵味长。
落木飘飞怀倚梦，来年蓄势待春光。

七律·祝贺雅园诗社成立五周年（新韵）

雅园诗社五冬春，佳作连篇倍感亲。
盛世争鸣吟古韵，壮怀齐奏唱新音。
高歌笔下真情语，妙意胸中赤子心。
兄弟文坛同庆贺，并肩携手颂当今。

七律·子弟兵抗洪剪影（新韵）

暴雨成灾漫镇乡，援民将士好儿郎。
划舟巡巷寻童幼，探户爬窗救大娘。
满腿泥浆搏雨暴，一腔热血战风狂。
人民子弟人民爱，同铸千年永固墙。

写于 2020 年 8 月

七律·"七七"感赋（新韵）

卢沟桥古历沧桑，五百雄师怒目张。
昔日倭兵残暴恶，今时小鬼祸心藏。
勾连美霸高调跳，蛊惑台独乱舞忙。
牢记八年国难史，居安常备砺刀枪。

写于 2022 年 7 月

七律·儿童节感吟（新韵）

平生不忘感慈恩，回忆童年热泪奔。
每念幼小寒日苦，常怀母累夜灯深。
今时朵朵花儿艳，我辈人人笑脸纯。
海晏河清民众乐，从容恬淡一丹心。

七律·贺《红叶》创刊 35 周年（新韵）

赤帜骚坛灿柳营，春秋卅五续峥嵘。
高歌华夏唐诗韵，清咏山河汉赋声。
昨日从军曾举剑，今朝投笔再争锋。
家园沃土勤播种，更以强音颂振兴。

写于 2022 年 4 月

七律·贺《红叶》微刊百期（新韵）

红叶微刊倍感亲，百期祝贺柳营春。
高歌最是长城意，下笔全凭赤子心。
洒落诗花香万里，清幽雅韵醉三军。
平台抒写夕阳志，首首都能照眼新。

七律·纪念抗日战争胜利 76 周年

抗日烽烟又一秋，蓦然愤慨涌心头。
山河难忘遭蹂躏，百姓常怀辱泪流。
侵略阴魂仍未散，扩军黑手本无休。
警观台海多风浪，利剑高悬尽运筹。

写于 2021 年 9 月 3 日

七律·纪念抗日战争胜利 77 周年有感（新韵）

当年壮士战酣鏖，岁月悠悠恨未消。

美霸全球掀恶浪，东瀛台海起惊涛。

扩军加速黄粱梦，改宪嚣张吠狗嗥。

警惕敌侵磨砺剑，斩妖驱鬼举枪刀。

写于 2022 年 9 月 3 日

七律·纪念毛主席为雷锋题词 60 周年（新韵）

年轮六秩念雷锋，不忘军营一俊雄。

自有忠魂惊岁月，长留浩气耀苍穹。

精神高尚人人敬，思想贤良代代崇。

奉献无私溶血液，为民服务已成风。

写于 2023 年 3 月 5 日

七律·纪念七七事变 84 周年（新韵）

难忘七七血染天，猖獗日寇举狼烟。

卢沟桥诉侵华史，永定河开抗战篇。

累累弹痕铭后世，淙淙碧水忆当年。

妖风又起台湾岛，华夏仍需枕剑眠。

写于 2021 年 7 月

七律·抗疫感赋（新韵）

雾霾笼罩北京城，冠疫猖獗扰世宁。

政府克艰驱疬鬼，医生救难做尖兵。

轮番检测知深意，筛选排查见挚情。

更待清零传喜讯，整装阔步海天行。

写于 2022 年 5 月

七律·抗战胜利有感（新韵）

日军残忍掠三光，悲愤人民上战场。

英勇密林歼恶寇，敢拼芦荡打豺狼。

步枪小米游击战，老幼皆兵剿鬼忙。

消灭顽敌国振奋，扶桑败将滚东洋。

写于 2021 年 9 月

七律·永葆童心（新韵）

七秩犹怀赤子心，儿时稚趣梦常寻。

河中逐浪鱼惊水，月下欢歌鸟戏林。

往事清欢弹指送，暮年闲乐咏诗吟。

韶华虽逝神依旧，老骥夕阳气自新。

清平乐·雷锋精神永放光芒（新韵）（李白 体）

一生奉献，华夏英名赞。唤起人间真美善，留下传人千万。

百姓怀念雷锋，为民服务赤忠。同举助人之手，中华众志成城。

七律·致重庆消防救火英雄（新韵）

消防勇士凯旋行，重庆人民热泪盈。

前线英雄扑烈焰，后方百姓送深情。

同心化作千钧力，各路凝结一股绳。

救火丰碑留史册，中华儿女志成城。

写于 2022 年 8 月

七律·众志成城战疫情（新韵）

新冠顽症又波澜，生命威胁众不安。

几省蔓延成隐患，八方凝聚志全歼。

党员竭力亲民事，医者精心战疫坚。

动态清零迎胜利，中华大地谱宏篇。

写于 2022 年 3 月 18 日

清平乐·雷锋精神永放光芒（新韵）（李白 体）

一生奉献，华夏英名赞。唤起人间真美善，留下传人千万。

百姓怀念雷锋，为民服务赤忠。同举助人之手，中华众志成城。

水调歌头·怀念毛泽东（新韵）（毛滂 体）

少小怀宏志，浩气贯长虹。霞光驱赶黑夜，星火耀苍穹。唤起工农千万，推倒大山三座，华夏展欣荣。今古谁能比，举世赞英雄。

红旗灿，江山固，振宏声。创新高质发展，科技立高峰。仰望太空驿站，俯视海洋航母，世界赞声诚。华夏复兴梦，踔力步新征。

写于 2022 年 9 月

巫山一段云·端阳节（毛文锡 体）

今又端阳至，家家糯米香，汨罗长叹忆离殇。屈子铸华章。

求索忧民颂，忠魂世代芳。大江南北祭贤良。华夏定图强。

五绝·纪念毛泽东诞辰129周年（新韵）

功高一伟人，泽惠众黎民。

虽已别离去，光辉耀宇坤。

写于 2022 年

五绝·烈士纪念日向英烈献花（新韵）

碧血铸碑文，英魂百世尊。

鲜花崇烈士，浩气耀昆仑。

写于 2022 年 9 月 30 日

五律·悼屈原（新韵）

屈子沉沙殁，追怀祭九泉。

龙舟犁浪雅，艾草缀门鲜。

绝笔千年恨，投江万古冤。

爱国民众敬，词赋世间传。

五律·贺《满庭芳苑》微刊 400 期

诗蕊漫坛香，吟声韵味长。

根深依雨露，枝茂恋阳光。

翰墨歌今古，辞章媲宋唐。

浓情谁与共？心寄满庭芳。

写于 2020 年

五律·纪念重建新四军军部 80 周年

不忍皖南听，悲歌洒幕屏。

忠魂昭日月，碧血耀辰星。

蒋匪残凶恶，英雄怒震霆。

铁军经八秩，功绩刻碑铭。

写于 2021 年

五律·家乡颂

村庄巧手裁，画卷醉心开。

丰稻新风伴，娇花老酒陪。

殷期居世外，圆梦住瑶台。

笑赏东篱菊，常歌幸福来。

五律·烈士日祭英灵感赋（新韵）

含泪祭忠魂，人民永记心。

吟诗怀烈士，歌赋赞贤臣。

华夏千秋业，英雄万代尊。

丰碑彪史册，伟绩耀昆仑。

写于 2021 年 9 月 30 日

五律·毛主席诞辰（新韵）

英才举世铭，豪气满怀盈。

笔下千秋史，胸中百万兵。

威扬山岳动，出令鬼神惊。

雨露泽华夏，光辉耀众生。

写于 2021 年

五律·宅家有思（新韵）

今又遇封城，宅居待势平。

核酸查到户，蔬菜送门庭。

作伴书中乐，相随电视屏。

大家齐努力，众志保安宁。

写于 2021 年

五律·怀念周恩来总理逝世 46 周年

泪眼望长空，悲歌忆伟翁。

忧民多壮志，报国尽精忠。

竭力一心瘁，倾情百姓躬。

山河齐敬仰，天地赞豪雄。

写于 2022 年 1 月 8 日

五律·正义者必胜（新韵）

八年战火燃，倭寇践江山。

凶恶殊绝世，嚣张震宇环。

挥戈民众起，抗日举国坚。

刻骨铭心记，悲歌碧血篇。

写于 2021 年 9 月 3 日

西江月·学雷锋有感（新韵）（柳永 体）

领袖题词光耀，雷锋思想心融。传承激励敬英雄，九域炎黄齐动。
服务人民溶血，奉公克己萦胸。爱国敬业已成风，百姓千秋赞颂。

西江月·游屈原祠感赋（新韵）（柳永 体）

铜像挺拔坝上，长江波涌祠边。屈公天问探人寰，求索精神不断。
华夏复兴伟业，人民抒写宏篇。任凭世界起波澜，高举锤镰永远。

咏物抒情

七绝·大雁

往复声声唤别愁，家乡眷恋翅难收。
暖来邀雨催山绿，寒至携霜绘晚秋。

七绝·冬日荷塘

寒水疏林雀鸟追，烟云缥缈绕河池。
枯荷卧雪萦香梦，怀有冰心寄藕丝。

七绝·冬小麦

金秋时节始生芽，最爱寒冬卧雪花。
唯有经霜春雨后，尚能葱郁绿无涯。

七绝·落叶

一夜西风满地黄，多情落叶舞斜阳。
寻根绮梦年年翠，碎骨捐躯化土香。

七绝·蒲公英

洁白绒花小伞张，随风千里任飞翔。
山川原野霞为伴，落地生根志四方。

七绝·蔷薇（新韵）

小院蔷薇恣意开，青藤花影探窗台。
霏霏细雨濯新艳，阵阵清香沁满怀。

七绝·山楂树

耕耘伏案老雕虫，枝叶霜秋映日红。
树果高巅观世事，轮回四季太匆匆。

七绝·赏菊（新韵）

金英灿灿傲寒开，淡淡清香沁满怀。
老叟深思萦梦远，陶翁对坐赋诗来。

七绝·寻兰

万叶千花绿野藏，随风摇曳赏丽光。
爬山越岭寻幽去，移入厅堂漫异香。

七绝·冰百合

寒香冷艳向阳开，傲雪迎风任剪裁。
清雅仙姿惊客梦，亭亭玉立报春来。

七绝·丁香花语

淡雅幽香醉意飞，娇羞颔首紧偎依。
撷枝送我相濡伴，多少芳华守望归。

七绝·二月兰（新韵）

紫花二月伴春生，淡雅清新展玉容。
林下路边织锦绣，随风摇曳散香浓。

七绝·观荷趣

休闲漫步临池畔，欣赏荷莲目不斜。
忽见水波欢快舞，寻机摄下鲤叼花。

七绝·寒梅

滴水成冰数九天，云崖笑赏一梅妍。
任由风雪吹贞骨，自有春光把梦圆。

七绝·荷塘（新韵）

圆圆翠盖漫池塘，朵朵莲花散淡香。
唯有神橡描盛景，绘出水墨画一张。

七绝·槐花（新韵）

刺槐一树悄然开，缕缕清香暗自来。
不与百花争艳丽，只为本色敞心怀。

七绝·兰花（新韵）

根植荒野草丛中，柔叶怡然碧翠容。
正气高洁君坦荡，纵无赞赏亦芳浓。

七绝·梨花

一望无边玉树开，清香扑面绝尘埃。
花间仙子听风语，说是春阳踏雪来。

七绝·梅花

一〔新韵〕

新红点点酷寒开，浅笑薇薇沁满怀。

清影株彤含画意，暗香冷韵惹诗才。

二

冰封万里独疏香，寒朵千枝曳影长。

冷蕊偏生飞雪处，玲珑满目接春光。

三

几树梅花倚雪开，英姿傲骨喜盈腮。

今将香韵醺成酒，再把春天拽过来。

四

东风一夜唤春光，点点嫣红探竹墙。

花蕊萦怀吟岁月，寻来诗句也馨香。

五

吐艳梅花漫淡香，凌寒独秀展红妆。

清风傲骨萦诗梦，含雪迎春奏乐章。

七绝·牵牛花

小小牵牛处处家，柔枝舒展附篱笆。

不同百卉争娇媚，满蕴纯情伴早霞。

七绝·球兰花开（新韵）

家有球兰挂小窗，阳台藤蔓任舒扬。
争开繁蕊盈盈笑，室内飘来淡淡香。

七绝·桃花

明媚阳光景色新，撩人最是小桃亲。
清香阵阵萦骚客，娇娆含情占尽春。

七绝·向日葵

朵朵葵花向太阳，欣欣挺立不争强。
谦恭君子时垂首，常把丰盈对众芳。

七绝·小草

一（新韵）

一生恬淡志八方，时与清风话短长。
脚踩轮压腰不垮，蓬勃坚忍漫幽香。

二（新韵）

小草萌发色正匀，棵棵挺立抖精神。
寒霜难阻峥嵘秀，沐浴阳光报早春。

七绝·阳台栀子花开（新韵）

柔枝翠叶沐朝阳，花瓣洁白漫馥香。
娇嫩琼姿多妩媚，宛如出嫁一新娘。

七绝·野花（新韵）

小花摇曳自悠闲，点缀山川野陌间。
不与群芳争宠爱，几分秀色也清欢。

七绝·吟雪梅

寻芳踏雪小溪东，几朵梅花露俏绒。
冷艳仙姿迎过客，清幽香气唤春风。

七绝·迎春花

河边簇簇嫩花黄，携露娇羞映灿阳。
何惧寒风舒袖舞，多情含笑唤群芳。

七绝·咏蝉（新韵）

多年黄土隐微身，壳破今朝费苦辛。
尽管一生风雨虐，高枝只顾放声吟。

七绝·玉兰花

一（新韵）

玉树含苞韵满怀，忽然一朵绽娇腮。
枝头昂首迎风笑，牵手春天舞起来。

二（新韵）

濛濛细雨润花颜，优雅芬芳绽笑欢。
沐浴春光多妩媚，虔诚迎客舞翩跹。

三

花瓣柔柔舞碧霄，逐风润润暗香飘。
枝头傲立迎春笑，高雅清新玉女娇。

七绝·雨中（新韵）

一夜风雷裹雨声，清晨杨柳更青葱。
羞花含露多娇媚，油伞滴珠伴我行。

七绝·月荷

凌波素影又浮金，堪醉清香伴月吟。
优雅莲花萦远梦，细听蛙鼓奏弦琴。

七律·迎春花

湖畔园林缀满枝，鲜明可爱笑柔姿。
春前活力皆天性，霜后顽强亦我师。
脉脉摇金蜂蝶梦，欣欣舞翠燕莺思。
迎寒傲骨争花艳，含露芳心韵雅诗。

七律·咏海棠花

留恋桃红瘦影徊，悄然喜见海棠开。
清如茉莉凝香静，好似芙蓉映月皑。
玉貌含烟犹带露，冰心笑日不沾埃。
散花仙女抛云锦，寂寞嫦娥下紫台。

七律·咏月季花（新韵）

月季花开艳丽红，园林阡陌绽芳容。
光华翠色情无尽，清润仙姿各不同。
春日迎阳牵李杏，入冬斗雪伴梅松。
四时竞秀凭风骨，香气袭人醉满城。

五绝·赏红叶（新韵）

十月看香山，林间似火燃。
眼前铺锦绣，秋色正斑斓。

五绝·红梅

银粟舞长空，梅藏院角东。
遥观千树白，难掩一枝红。

五绝·腊梅（新韵）

金梅正盛开，腊雪报春来。
冷蕊凌寒艳，幽香淡雅怀。

五绝·盼燕归

风吹柳絮花，极目漫天涯。
心盼南归燕，依然住我家。

五绝·赏荷（新韵）

芳影满池塘，香风透小窗。

眸随莲叶动，心醉藕花香。

五绝·咏荷

遥望霞光灿，池塘泛碧波。

争夸花色艳，入梦枕香荷。

五绝·雨荷（新韵）

银珠聚玉盘，烟雨笼娇莲。

思念如池水，相依几代缘。

五律·咏枫（新韵）

百卉已凋零，惟君尚自红。

傲霜风骨笑，承露禀姿雄。

叶静凝秋色，岚鸣唤晚晴。

深情燃似火，浩气与谁同。

五律·赏荷（新韵）

澄明碧水清，婀娜粉莲萌。

朵朵撩吟笔，亭亭入画屏。

追风舒雅态，和雨伴蛙鸣。

佳境心头醉，如仙世外行。